黄河骄子

闫桂兰◎著

YUANFANG
远方出版社

图书在版编目（CIP）数据

黄河骄子 / 闫桂兰著 . -- 呼和浩特 : 远方出版社，2022.4
ISBN 978-7-5555-1653-8

Ⅰ . ①黄… Ⅱ . ①闫… Ⅲ . ①报告文学—中国—当代 Ⅳ . ① I25

中国版本图书馆 CIP 数据核字 (2021) 第 234764 号

黄河骄子
HUANGHE JIAOZI

著　　者　闫桂兰
责任编辑　蔺　洁　王改英
责任校对　蔺　洁　王改英
特约编辑　马　昕
封面设计　李鸣真
封面题字　徐占胜
出版发行　远方出版社
社　　址　呼和浩特市乌兰察布东路666号　邮编 010010
电　　话　(0471) 2236473 总编室　2236460 发行部
经　　销　新华书店
印　　刷　内蒙古爱信达教育印务有限责任公司
开　　本　787毫米×1092毫米　1/16
字　　数　210千
印　　张　16
插　　页　8
版　　次　2022年4月第1版
印　　次　2022年4月第1次印刷
标准书号　ISBN 978-7-5555-1653-8
定　　价　45.00元

王来祥的画像

王来祥年轻时的照片（一）

王来祥年轻时的照片(二)

王来祥退休生活

王来祥的老年生活(一)

王来祥的老年生活(二)

党费收据
中共中央组织部

№ 00023206
党费收据
王来祥同志自愿一次多交党费计
人民币 壹万 元 零 角 零 分
特此证明
中共中央组织部
二〇一八年五月二十五日
中国共产党中央委员会组织部

王来祥基层工作时的照片（一）

王来祥基层工作时的照片（二）

王来祥基层工作时的照片（三）

老家旧屋

王来祥回老家时的照片

荣誉证书
HONORARY CREDENTIAL
王来祥同志：
荣获鄂尔多斯电业局杭锦供电分局2017年度杭供楷模称号。
鄂尔多斯电业局杭锦供电分局党总支
二〇一八年七月

王来祥夫妻合影

引子

王来祥在独贵塔拉乡工作时，我们是住在前后院的邻居。我从小就认识王来祥，那时候我经常能听到大人们夸赞王来祥。我也亲历过王来祥和社员们在田间劳动，在防洪坝上防洪的事情。我从小就听老人们讲王来祥率领沿河人民坚持不懈地与黄河抗争的故事。后来王来祥调到杭锦淖尔乡任书记，我们就不常见面了，但我还经常能够听到人们说起王来祥在杭锦淖尔为人民群众办实事和继续兴修水利与黄河抗争的故事。几十年过去了，有些事还清晰地留在我的记忆里。

在我的印象中，王来祥不像干部，倒像是个农民。他对农活样样精通。记得是夏季的一天，打麦季节，天气很好，父亲把已经晒了几天的麦子穗子对穗子地铺在院子里又晒了一上午，中午就开始打了。村里的孩子一般十二三岁就会用连枷了。那时村里家家户户都有连枷，自留地不多，种的粮食也不多，不用到生产队的场面用碌碡碾。王来祥走进院子，看见我正在用连枷打麦子，顺手拿过连枷打了起来，连枷扇落在麦穗上重而有力量，麦子的颗粒随着连枷落下而脱落四溅。打完一遍，我们开始翻麦秆了，王来祥才开始和父亲谈事情。下午，我到生产队的场面干活，又看到王来祥和社员一起扬场。这样的小事儿太多了，屡见不鲜。

我真正全面了解王来祥，是二〇一九年的十月。那时，王来祥的女儿王金茹和她的二哥杨贵明来到我家。王金茹拿着个袋子，里面装着一些王来祥的证书和笔记本。王金茹摸着这些证书和笔记本对我说，她爸爸走了，留下的最珍贵的东西就是眼前的这些了。他们兄妹商量，想把她爸生活中经历的一些事情写一写。他们兄妹对父亲的这份孝心，让我不好意思拒绝，就拿出这些证件来看。给我很大触动的是那张一万元党费的证书。看着这金光闪闪的证书，我心动了，把那个袋子留了下来。他们走后，我仔细看了这些笔记本中的内容，有王来祥二十世纪五十年代写的日记,有他二十世纪六十年代的一份记录，还有他的几位同事提供的一些简单资料。如果想写一本讲述王来祥生平经历的书，单凭这点儿资料是远远不够的。我和王金茹开始分头寻找王来祥以前的同事，走访他工作过的独贵塔拉镇、杭锦淖尔乡的老乡，还有他以前的老领导。我们四处走访，一点儿一点儿地搜集材料。

不论是我亲自和乡亲们交谈，还是通过电话采访，乡亲们带给我的触动都很大。人们对王来祥有很高的评价，对他充满了敬佩。只要一提到王来祥，人们就会说，“那可是个好人”“他是值得敬佩的一位好党员、好干部”。

住在沿河地区的人们与黄河有着密切的联系。黄河为沿河人民服务，也给沿河人民带来了很多灾难。王来祥率领沿河人民在恶劣的环境中努力治理黄河水患。在治理黄河的过程中，老一辈沿河人坚持不懈，付出了太多的辛劳和汗水。他们称得上是黄河骄子。

人们讲述王来祥与他们一起在卢团店坦土筑坝，与他们一起跳到石连河头决口处拉起人墙挡水，与他们白明黑夜地在防洪坝上防洪，在风雨中同甘共苦。他坐在老乡家里与老乡们心碰心地唠嗑。为了让农民吃饱肚子，他顶着压力狠抓农业生产……乡亲们朴实的话语中，饱含着对王来祥深厚的感情。从乡亲们讲述的王来祥生活的点滴以及工作的故事中，我可以感受到王来祥身上充溢着爱国、爱党、爱人民的热血。

他们说："王来祥心里始终装着人民群众，从不谋私利，从来都是清清白白的。在大是大非面前，他从不推诿，勇于承担，勇于负责。"

我去了几趟独贵塔拉镇，和乡亲们了解、核实一些与王来祥相关的事情。每去一次，都会让我心里有更多的感触。王来祥给乡亲们留下如此深的印象，乡亲们对王来祥的感情是那样的深厚。这是王来祥在几十年的工作中，心中有爱，心中有党，心中有人民所赢得的。

金子是闪光的，不论放在哪个地方都会发光，哪怕是在尘埃里，也会闪烁着灿烂的光芒。

王来祥的一生没有惊天动地的壮举，他是一名普通的人，也是一名普通的共产党员，却让人无比敬佩。他在普通里创造了伟大，在平淡里展现了崇高。人生最精彩的不是实现理想的瞬间，而是实现理想的过程。王来祥从入党那天起，就履行着一名共产党员的义务和责任。他用一生去实践入党誓言，用一生去坚守一份信仰，不畏将来、不念过往，掷地有声地走着他的人生路，在生活的每一处都能体现出他生命的价值。

王来祥活了八十多岁，在这既漫长又短暂的一生中，王来祥是坦荡的。《钢铁是怎样炼成的》一书中有这样一句话：“钢是在烈火里燃烧，高度冷却中炼成的，因此它很坚固。我们这一代人也是在斗争中和艰苦考验中炼出来的，并且学会了在生活中从不灰心丧气。”这句话是他人生的写照。苦涩坎坷的童年磨炼了他的意志，艰苦的环境考验了他的品质，造就了他一生的勤俭。

王来祥经常看报，又觉得订报纸浪费钱，舍不得订。儿子就把单位的报纸借回家，等他看完后还回单位。家里的沙发已经很旧了，但王来祥说“还能坐，还能坐”，就是舍不得买新的。王来祥生活非常节俭，但对他人很慷慨且不计回报。从二十世纪六十年代开始，从接济他人一两元、几斤米面或是生活用品做起，几十年中，他默默地资助了无数人，默默地帮助了无数个家庭。这是无法用数字计算的。王来祥把党员的身份融入了生命，六十三年的党龄，六十三年的党费，这是一名共产党员坚守党性、对党永远忠诚的情怀。

王来祥在生命最后的几年里，身体不好，需要住院看病。退休后他的工资并不高，儿子劝他迟交或是少交点儿党费，王来祥说：“不吃药也得交党费。”临终的几个月前，王来祥拖着病重的身体，让儿子陪着他，像往常一样，走进杭锦旗供电分局党群办公室。党群办公室的工作人员对王来祥是非常熟悉的，他们记得他每次交党费时的情景。

在王来祥的生命即将走到终点的时候，他再一次用他的无私和大爱，用他的坚持，深深感动了千千万万的共产党员，再一次让人们铭记他的名字。

王来祥交大额党费的举动，引起了鄂尔多斯电业系统的巨大反响。特别是他信里写的深情的话语，感动了电力行业的每一名共产党员，也感动了广大职工，让每名共产党员从心底感到震撼。人们更加敬佩这位老人。是什么促使他交大额党费？是信仰，是传递信仰的力量。一封信函，一笔党费，诠释着共产党员对党的赤子情怀。

生命终会有终点，在给党组织交纳了一万元党费的三个月后，这位老党员与世长辞。

王来祥因病去世了，但王来祥的精神成为一种传承、一种坚守，也成为鄂尔多斯电力人的一种自觉行动。

王来祥是杭锦旗农电局第一任局长，他的这种精神鼓舞着一代又一代杭锦旗电力行业的工作者，激励着他们为电力事业的发展拼搏奋进。杭锦旗电业局的工作者们，传承着前辈的精神，不论是炎热的夏天，还是寒冷的冬天，从沿河到梁外，从大漠到草原，每一个村庄、每一条河流，都有他们的脚印。面对孤独枯燥的高风险作业，杭锦旗电力人没有退缩。一座座变电站拔地而起，一条条电线架设在草原、大漠之中，架设到沿河、梁外的每一个村庄，架设到每一户偏僻的农家牧户。晚上，亮堂的电灯一开，映衬着明净的大玻璃和雪白的墙壁，一所所又高又大的房子像金碧辉煌的宫殿。人们的眼睛明亮了，心也敞亮了。

人生就是一本书，每个人每天都在书写自己的书。王来祥的这本书，写满了人生的哲学，记录了人生的奋斗和努力、拼搏与勇气，讲述了劳动的意义，诠释了生命的价值，人们将永远记得。

我是土生土长的杭锦旗人，王来祥的故事深深感动着我。家乡有这么优秀的共产党员，我感到无比自豪。王来祥的事迹应该让更多人知道，特别是他的精神，值得弘扬，值得传承。

出于对家乡的热爱，对家乡人的敬重，我用了一年多的时间整理王来祥的部分事迹，用小故事的形式呈现给大家，希望读者能够从故事中汲取王来祥的精神与品德，弘扬并传承下去。

闫桂兰

二〇二〇年十一月

★事迹总览
★媒体报道
★人物评述
★作品赏析

扫码获取

目录

第一章

一万元党费

/第一章/ 一万元党费

正月以来，这天是难得的一晚清静。王来祥走进了书房，坐在写字台前沉思了一会儿，拿起笔刚伏在桌上，一阵剧烈的疼痛袭来。他只好放下笔去吃药，但吃了药疼痛并没有停止。这几天疼痛的次数增加了，疼痛的时间也增长了，看来病魔留给他的时间不多了。

正月初十的夜晚，春节的喜庆氛围还在街上弥漫，放炮声时不时地响起，礼花时不时地在天空中绽放。

王来祥放下笔，忍着疼痛把椅子搬在窗前坐下，静静地望着夜空。繁星簇拥着一轮明月，皎洁的月亮是那么近，又是那么远。由于楼房的遮挡，月亮若隐若现，引起了他万千思绪。人老了，内心就有了不少空间，坐下来静静细想，一辈子过得真快，如今他已经是八十六岁高龄了。这一年，他和家人团团圆圆地过了春节，已经很满足了。他知道自己的身体很难熬到下一个春节，除非奇迹出现。生老病死是自然法则，没什么可怕的。有爱的地方，总有岁月的温暖。现在女儿、儿子都已成家立业，生活幸福美满，不用他牵挂惦念。

他抬眼看了看正在收拾桌上药瓶的妻子张巧荣，心里隐隐作痛。尽管他可以坦然地面对生死，但内心还是有割舍不下的人。他二十二岁与张巧荣结婚，两个人风里来雨里去，同甘共苦，相随相伴，走过了六十多个年头，感情很深。他这一生是幸福的。可是他现在不能继续陪老伴儿走下去了。

他常对儿女们说："孝敬父母不仅是一种义务，也是衡量一个人良知和品德的重要标准，如果一个人连父母都不孝顺，那么这个人就丢了做人的根本。"他的孩子们没有让他失望，在这点上他很宽心。儿女们连同孙子、外孙都很孝顺，他走后，儿女们会替他陪伴妻子的，她不会孤单寂寞，他可以放心地离去。想到这里，王来祥深深舒了口气，疼痛感似乎也轻了些。

望着天空中的那轮明月，他又想起了第一天参加工作时老领导对他说的话："今天你就算正式参加革命工作了。"从此，他把"工作就是革命"这个想法深深埋在心底，用一生去理解"革命工作"的意义。从参加工作那天起，他就努力让自己做一个真正的革命工作者。在他逝去的时光里，有过失落，但更多的是收获。

他退休二十多年了，党组织并没有忘记他，杭锦旗农电局党支部在平时给了他深切关怀，也给了他很多帮助，杭锦旗农电局领导和党支部领导、市局领导每年都会带着慰问金和慰问品来看望他，这让他非常感动。人总是在重温生活的同时，也享受了回忆的快乐。每次想到这些，他的心中就会升起一种欣慰和欢悦。一个退了休的老头子能得到党组织的关怀，让他感到很温暖、很幸福，让他觉得这样已经足够了。

疼痛阵阵袭来，王来祥用手按着腹部，自己没有多少时日了，在即将离去时，自己还能为党做点儿什么呢？想来想去，只有交纳党费了，这是他一生的信念。想到这里，他脸上有了欣慰的笑容。今年也许是自己最后一次交纳党费了，得提前交。他知道病魔随时会夺去他的生命，不能在生命走到尽头时留下遗憾。想到这儿，他慢慢地从椅子上站起来，走到桌子跟前坐下来，提起笔。

鄂尔多斯电业局杭锦供电分局党支部：

我于一九九〇年从杭锦旗农电局退休，已有二十多个年头了，在此期间，农电局党支部以及工会等组织，每到逢年过节就派人带上慰问品、慰问金来探望我、慰问我，使我实感欣慰和温暖。在此我非常感谢党支部和同志们对我的关怀。

我常想我们国家在伟大的中国共产党的正确领导下，一年比一年富强起来了，将全面进入小康社会。人民安居乐业，过上了丰衣足食的幸福生活。二十一世纪国家将要建成中国特色社会主义现代化强国，实现中华民族伟大复兴。此时我感到非常兴奋，很受鼓舞……

还没有写完，病痛又开始折磨他了，他只好放下笔。这时老伴儿催促他该休息了。

第二天吃过早饭，他翻开日历看了看，星期一，单位都上班了。今天他一定要写完这封信，明天交给党组织。他忍着疼痛又坐在了桌前。到了吃午饭的时候，外孙到书房叫他吃饭，看到他写的密密麻麻的信纸，就说：“姥爷写什么呢，我在电脑上给您写。”他头也没抬，回答：“写信。”之后，他在信纸的下端工工整整地写上自己的名字和年月日——二〇一八年二月二十六日。然后，他直起身子，把钢笔放在笔筒里。

外孙有点儿奇怪，心想这都什么年代了还写信，有事情要说打个电话不就行了。于是，外孙拿起桌上的信纸看了起来。看完了，他抬起头看看面前这位身形消瘦的老人，心里越发敬佩姥爷了。他眼里闪着泪花说：“姥爷，您是我们的榜样！”说完，扶着姥爷走出了书房。

二〇一八年二月二十七日，正月十二，王来祥早早起来，让妻子把前几天准备好的一万元钱拿出来。张巧荣不解地问：“这一大早要钱给谁呀？”

王来祥笑着说：“给党。”

“给党？”张巧荣看着王来祥手里的红包，明白他这是要交党费了，急忙把钱拿出来递给王来祥。

“今天就去交呀？” 张巧荣问。

王来祥认真地说：“今天就去，给金宝打个电话让他过来。”

王来祥把一万元人民币装在红包里，把信装进信封，然后放在自己的衣袋里。一切都准备好后，他对张巧荣说：“好了，吃饭吧。”

吃过早饭，儿子王金宝还没有来，王来祥让张巧荣再催一下。说话间，王金宝已经进门了。王来祥对儿子说：“今天陪我到供电局走一趟。”

儿子不解地问：“去供电局有事？”

王来祥高兴地说：“去交党费。”

儿子劝道：“还不到交党费的时间，咱先用这钱给您看病，过段时间再交哇。”

他严肃地对儿子说：“我知道自己的病情，我会好好养病的。党费一定得交，趁今天天气好，去交了，我就放心了。”

王金宝试探地问：“您这身体不好，我替您去交行不？”

王来祥对儿子说：“这次一定得我亲自去交。”

王金宝知道拗不过父亲，只好答道：“好，依你。”

天空蓝蓝的，干净得像块缎子。准备在元宵节表演的社火正在街上进行排练。小卖部门前摆放着令人眼花缭乱的礼品盒。春节的气息还没有褪去，人们还沉浸在过年的喜庆氛围中。王来祥心情特别好，认真地看着路上的一切，好像要把这一切都刻在心底。

王来祥来到鄂尔多斯电业局杭锦供电分局门口，深深地吸了口气，朝大门走了过去。虽然他今天精神特别好，但毕竟身体很虚弱。他佝偻着背，步履有些艰难，儿子想扶他，但他摆了摆手，表示要自己走。他费了好大的劲儿才走进杭锦供电分局党支部办公室。因为他经常来交党费，所以办公室的工作人员都认识他，热情地接待了他。他坐定后，平静地说是来交党费的，并且表示这也许是他这一生最后一次交党费了，所以必须亲手交给党组织。他身患重病的事情工作人员是知道的，春节刚过，他便拖着病重的身体亲自来交党费，让他们惊讶万分，也让他们感动万分，从心底敬佩这位老人。王来祥胸前戴着党徽，神情严肃，颤颤巍巍地从衣服口袋里拿出装有一万元人民币的红包和一封信，庄重地交给了工作人员。这一刻，在场的每个人感受到的不仅是庄严、肃穆和感动，更是从未有过的精神的洗礼和灵魂的荡涤；这一刻，让人深深地感受到那份共产党员对党的无限忠诚和热爱。

工作人员把王来祥写的信慢慢打开，信中写道：

> …………
>
> 回忆过往的经历，党给了我一切，我始终牢记于心。我已八十六岁高龄了，重病缠身。生老病死是自然法则，谁也抗拒不了，现在我行将就木。我以微薄的一万元积蓄向党支部预交党费，以示回报党恩……

在场的人眼睛湿润了。

正在办公室办公的局长兼党支部书记赵飞来到王来祥跟前，感动地紧紧握着王来祥的双手说："您该留着这钱看病。"王来祥动情地说："我也只能交点儿党费报答党恩了。谢谢你们一直以来对我的关怀和帮助。"

赵飞拉着王来祥的手坐到沙发上，关切地询问王来祥的病情，并给王来祥详细地介绍了这些年杭锦旗电力事业的发展。当听到在二〇一三年十二月，通过风光互补工程配合网电，彻底结束了梁外地区靠煤油灯照明的时代时，王来祥感慨地说："发展真快，电力事业有你们这些年轻人，真好。”

赵飞和党支部的工作人员把王来祥送至楼下，王来祥摆摆手示意不用再送了。望着佝偻着背，艰难地向前走去的王来祥，赵飞和在场的人流下了感动的热泪。

二〇一八年三月八日，鄂尔多斯市电业局党委书记王凤珍代表局党政领导到王来祥家里慰问。王来祥很激动，让妻子赶紧端茶水招待客人。王凤珍和王来祥亲切地拉起了家常。说起王来祥交万元党费的感人事迹时，王来祥笑了笑，说：“我退休了，发挥不了什么作用，单位每年还给我发几万块钱的退休金。我年幼时少吃没穿，穷困潦倒，现在吃的、穿的、住的，所有的一切都是党给我的。我年纪大了，将积蓄拿出来作为党费交给党是应该的。”

王凤珍激动地对王来祥说：“我们对党都是有感情的，您不忘初心、牢记使命的精神更是鼓舞着我们。您对党忠诚的心感动着我们。您是杭锦旗农电局的第一任局长，为杭锦旗的电力事业付出了心血和汗水，为杭锦旗电力事业的发展奠定了良好基础。如今，您的精神对我们影响巨大，深深感动着杭锦旗电力行业的共产党员和广大干部职工。您是我们的榜样，我们要学习您的精神，牢记‘人民电力为人民’的服务宗旨，把我们的电力事业发展好，把我们的国家建设得更加美好。”

王凤珍关切地说：“您有什么困难尽管说，党组织会帮助您解决的。”坐在王来祥一旁的张巧荣赶紧乐呵呵地说：“不需要啦，我们挺好的。你们已经帮助我们很多了，谢谢领导关心。”

王凤珍从心底里敬佩这两位老人，欣赏他们对生活充满乐观和希望的人生态度。王凤珍与王来祥像老朋友一样谈了很久，也谈了很多。临走时，王凤珍握着王来祥的手，再三叮嘱他要保重身体，鼓励他要保持乐观的心态，战胜病魔，并表示会让局里的同志经常来看望他。

此刻，王来祥的心里暖暖的，一股热泪涌出眼眶。

第二章

踏上西口路

/第二章/ 踏上西口路

一九三三年的冬季异常寒冷，西北风刀子似的，刮在人脸上钻心地疼。村里的人们都猫在家里不出门，整个村庄显得荒凉而孤寂。腊月十九这天，早该透亮的天依然灰蒙蒙地下着扬风搅雪。风和雪没了规矩，无情地掠过山野，掠过村庄。漫天白茫茫的一片，避风的地方雪积了有一尺多厚。

在这个生冷生冷的雪天里，家里水瓮里都结了冰。就在这天，王来祥出生在一个贫苦的农户家里。母亲用一块破旧的布单把孩子包起来抱在怀里，没有欣喜，却是满脸愁容。按说添丁进口是大喜事儿，可是全家人怎么也高兴不起来。有句老话说："饿死爷爷娘娘，不能吃籽籽垧垧（籽垧是各类农作物的种子）。"这年他们遇到了灾荒，颗粒无收，连来年的种子也没有收回来，来年种地还不知道该怎么办呢。如今，家里能吃的东西也所剩无几了。这孩子来得真不是时候，家里处在最困难的时期，大人们都没穿少吃的快活不下去了，拿什么养这个孩子？眼下又下了这么大一场雪，投亲都出不了门。这孩子能不能活下来都是个问题。这让全家人既担心，又发愁。

除夕这天还是冰天雪地，尽管寒冷还没有褪去，尽管连年灾荒，但村子里的人们还是忙碌着，贴对联、挂灯笼，到处都洋溢着过年的喜庆气氛。可是，王来祥的家里没有一丝过年的气氛，全家人正为断了吃的而发愁。

奶奶是这个家的主心骨，自从爷爷去世后，奶奶便承担起全部责任，操持着这个家。奶奶是个裹脚女人，性格刚烈，常常对自己的子女和孙辈们说："大路不走草成窝，人不挺胸背成驼。人穷也得有骨气。"

从早上起来全家人就吃了一顿饭。上灯了，村里的灯笼点着了。这些灯笼在除夕的夜里闪着星星点点昏黄的光亮。由于天气寒冷，外面没有人走动，都在家里吃年夜饭。奶奶家里家外地翻了个遍，也找不出半碗粮食。未满月的孙儿在妈妈的怀里饿得不停地哭，声声揪着大人们的心。可全家人都只能看着眼前的一口破旧的锅哭泣、叹息，毫无办法。奶奶是个要强的人，因为是大年三十，没让家里人向邻居们借吃的。可看着这一家子人，她心里阵阵发痛，狠了狠心把泪水咽进了肚里。决不能让全家人在这个大年夜里吃不上东西，死也得过了这一夜再死。奶奶的目光再次扫遍了家里所有的地方，突然，奶奶眼睛一亮，目光落在了两只破旧的枕头上。她欣喜地把两只破枕头拉过来，用发抖的手将它们拆开，倒出来里面的东西——谷糠。大家赶忙动手，用手推的小磨将谷糠磨成了面，又用面蒸成了糠窝窝，一家人总算把这个年过了。

过了年日子更加难熬，全家七张嘴要吃饭。奶奶平时在村里没少帮助别人，村里人得知这家人已经断粮了，有几家从牙缝里省出来了一点儿粮食接济他们家。奶奶用这点儿粮食拌上糜子吃，但也没有维持多久。由于连年灾荒，谁家也没有多余的粮食，乡亲们的日子都不好过，村里已经有人开始外出逃荒了。

人们常说："人挪活，树挪死。"他们听说口外的河套地区号称"八百里河套米粮川"，那里地势平坦，土质好，是鱼米之乡，是养活穷人的地方。据说在那里，只要勤劳就能生活下去，不像这里地薄，靠天吃饭，一家人拼命干，一年下来，遇上个好年头，田里产出来的粮食勉强可以糊口，遭了灾荒就很难活下去了。于是，全家人商量后决定逃荒到河套地区寻求活路。

六十多岁的奶奶支撑这个家实属不易，性格软弱点儿的女人早就被贫穷和饥饿压垮了。去河套就要离开这个祖祖辈辈生活的地方，情感里有太多的不舍，要不是被逼无奈，谁也不愿背井离乡。况且能不能走到河套，到了那里能不能活下来，谁都不知道。奶奶把无奈和不舍的痛都装在肚子里，开始做逃荒的准备。她求东家、央西家，凑了点儿粮食做成干粮，准备在路上吃。她又准备了一辆推车用来装行李。那时也没什么物件要拿，衣服随身穿着，只有几床被子和几件皮袄，还有一些零零碎碎的物件，全部家当也就装了一小推车。一切准备就绪，在正月二十九这天，全家七口人从陕西府谷县木瓜地出发了。奶奶率领全家老幼开始了长途跋涉。刚满四十天的王来祥由二叔背着，随着家人踏上"走西口"的路。

奶奶和母亲都是小脚，平时多走些路脚就会磨出血来。在这长途跋涉中，她们忍着常人难以忍受的痛苦，一声不吭。

进入二月已经打春了，原以为寒冷会就此过去，天气会渐渐暖和起来。可是，天气似乎与他们开了个玩笑，还是很冷。特别是来到口外（当时大家习惯把内蒙古叫口外），天天刮风，春风透过衣服领口吹进去，刺骨的冷。他们带的吃的不多，为了不被饿死，只能一边走一边乞讨。

路上遇到村子，他们就进村讨要点儿吃喝。沿途的村庄经常有一拨拨逃荒人经过，很难讨到食物。就这样，他们有一顿没一顿地走了几天，又冷又饿。母亲病倒了，负责背王来祥的二叔也病倒了。他们自己走路都很艰难，实在是背不动孩子了，而父亲负责拉行李，实在是腾不出手来背孩子。

那是个刮着西北风的傍晚，天空灰黄灰黄的，西斜在山顶的太阳在黄风中显得血红血红的，慢慢地往山的那边落。连绵起伏的山丘没有尽头，这一家人在荒凉的山沟里慢慢地走着。泥泞的路很难走，天气又冷，一股股寒气无声无息地窜进他们的衣服里，然后慢慢地在身体里扩散。他们感觉冷得血液都要凝固了，每迈一步都很艰难。眼看太阳就要落山了，他们实在走不动了。全家人只好在这个前不着村后不着店的地方找一个背风的地方停了下来，准备歇一会儿再走。他们不知道还得走多远才能走出去，也不知道山外有没有村子。望着通向山外的那条蜿蜒无尽头的小路，失望和愁云笼罩着每个人。荒凉的山沟里只有他们这七个满身尘土又满脸不安的人。他们心里清楚，在这样的天气里待在这里不走会是什么样的结果。

母亲和二叔病得很厉害，坐下就站不起来了，还得人扶着走。在这种情况下，大人们带着孩子，或许还没到地方就会饿死在路上。大人们商量后决定把孩子留下，想着也许后面有人路过，碰到好心人会把孩子捡回家，或许孩子还能活下来。

听到这个决定，母亲心如刀割。她哭着央求大家把孩子带上，可众人给母亲说了许多带上孩子的难处，劝母亲把孩子留下。试想一个母亲十月怀胎生下孩子，又一把屎一把尿地抚养了近两个月，突然要把孩子丢弃，这比要了母亲的命还痛。可是，还有六个人得活下去。被迫无奈，母亲只能在孩子睡着时，把包孩子的红布小被子往紧裹了裹，在孩子脸上亲了又亲。孩子熟睡的脸上还挂着泪水，母亲用颤抖的手轻轻擦掉孩子脸上的泪水，控制着情绪，不让自己哭出声来。她紧紧地抱着孩子不肯松手，再一次用恳求的目光望着丈夫，希望丈夫说句话，把孩子留下。丈夫不敢看妻子的眼睛，只是看了眼大家，见他们都低着头谁也不说话，叹了口气，心一横，咬着牙从妻子怀里抱过孩子。妻子无奈地把孩子交给了丈夫，背过脸朝前走去。她不敢回头看孩子，更不敢停下脚步，她知道如果自己停下来，就无法再和孩子分开了。丈夫把孩子轻轻放下，蹲在孩子身边心里默默地说："孩子，不是我们狠心，我们是实在没法子了，就看你的造化吧。"他擦干泪水，把拉车的绳子套在自己身上，又开始赶路了。血红的太阳完全落下了山，周围散发着死寂的气息。每个人的心中都像压了块石头，呼吸都有些困难。在一片寂静中，他们走得很慢很慢，腿沉得几乎是在挪。

孩子是母亲的心头肉，丢了孩子就像把母亲的心挖走了，母亲的心在滴血。母亲依着父亲，用手扶着车，腿像灌了铅一样沉重，颤抖地努力向前走着，一声不吭，默默地流着眼泪。她胸痛得厉害，感觉胸脯里有虫子在无情地啃噬着她的心。

夜幕来临，灰黄的月亮升了起来，探头探脑地窥视这凄凉的大地。星星不忍看这揪心的一幕，躲得无影无踪。不知走了多远，也不知走了多久，回头隐约还能看到那个小红布包。这时，突然听到孩子的哭声。哭声和着阴冷的风，是那么的凄惨，那么的揪心。这一声低于一声的哭声揪得每个人的心生疼。

听不到孩子的哭声了，人们不由自主地停住了脚步。对于一个母亲来说，孩子的生命高于自己的生命，她宁愿自己死，也不能让孩子一个人冻死在这荒野之中。母亲的心猛得颤抖了一下，再也控制不住自己的情绪，"哇"地哭出声来。这时，奶奶和父亲也控制不住情绪，哭着掉转头，扶着母亲在泥泞中拼命向孩子奔去。三个人几乎是爬到孩子跟前的。母亲喘着气用尽全身力气抱起奄奄一息的孩子，把孩子冻得冰凉的小脸贴住自己的胸口，用自己的身子暖着孩子。母亲的爱像阳光一样温暖，不一会儿孩子缓过来，"哇"地哭出声来。母亲把孩子紧紧地抱在怀里，不停地说："我们一起走，我们一起走……"奶奶和父亲扶着抱孩子的母亲，踉踉跄跄地沿着小路向前面走去。

苦难的生活就像把人困在了泥滩中，考验着生命的极限。奋力走出去就是生，停下来就会被困死。有几拨"走西口"的人超越了他们，不知走向哪里去了。这家人一边乞讨一边走，走了二十多天，连冻带饿，还有人病着，不但母亲、二叔很虚弱，其他人也瘦得皮包骨头，快要撑不下去了。一天傍晚，他们实在走不动了，离村子不远处有棵柳树，树旁有半堵残墙，是个避风处，便在这里坐了下来，准备歇会儿再进村找个住处，没承想，虚弱加上极度疲劳，他们互相靠在一起就想睡，谁都不想走了。一家之主的奶奶脚疼得厉害，也实在走不动了。奶奶想：一路上风餐露宿都熬过来了，今天也会熬过去的，想睡就睡吧，这样黑夜也不用打扰村里人了。父亲知道进了村子能喝口热水，还能讨口饭充充饥，他们不至于倒下，也许还能支撑下去。现在他们看似困乏，实则虚弱到了极点，他真担心这一睡着就再也醒不过来了。父亲动员大家坚持一下先进村，可是喊谁谁都不想动。大家实在太累了，都昏昏沉沉地睡去了。

天越来越黑了，父亲望着弯弯的残月，目光显得很迷茫。身边的枯草散发着愁惨惨、死沉沉的气息。回想逃荒以来所经历的一切，一种绝望的情绪越来越浓，渐渐地侵蚀着父亲，他慢慢地闭上了眼睛。星星爬满了夜空，月亮把灰色的光撒在大地上，好一个安静的夜晚。死神被这灰暗的月光笼罩着，悄悄地，一步一步向残墙下面的人们走去。

第二章 童年时光

“哇”的一声，孩子突然哭了起来。孩子的哭声惊醒了奶奶。天空中没有星星，到处都是灰蒙蒙的，不知是甚时候了。奶奶坐起来推身边的母亲，可是怎么也推不醒，便惊呼其他人。父亲被奶奶的喊声惊醒，赶紧坐起来推二叔，而此时二叔已不能说话，也无法坐起来了。母亲更是虚弱，已经昏迷了，孩子在她怀里不停地哭着。醒来的人惊慌失措。这时，几位外出回村路过这儿的人听到哭喊声赶忙来到跟前，见状，二话没说，扶的扶、背的背，把一家人送进了村子里的一户农家。大家烧水的烧水、熬粥的熬粥，经过一阵忙乱后，母亲醒过来了，二叔也缓了过来。一家人在好心路人的帮助下挺过了又一道难关。

救他们的人是这个村子里主事儿的，他看看这一家人的状况，老的老、小的小、病的病，实在不能再走了，否则都会有生命危险。几个村里人商量了一下，觉得救人救到底，就劝他们不要走了，“走在哪儿也是过日子，你们就留在村里哇。”

这里的人肯收留他们，让他们全家人感激不尽，于是便留了下来。村里人给他们找了一间无人居住的房子，又帮他们收拾好，让他们住了进去。从此，王来祥和他的家人就在这个村子住了下来。这个村子就是现在的鄂尔多斯市达拉特旗解放滩镇李祥圪堵村。

在这里住下后，尽管村里那些善良的人经常帮助他们，但这并没给王来祥的童年带来好运。他的童年是苦涩的，是坎坷的，更是不幸的。

已是春天了，解放滩李祥圪堵的田野依然是冬天的面貌，一片荒凉。野地里的枯草被村民们用耙子搂回家当了柴火。土地露出黄土色的脊梁，任风吹刮，整个原野黄漫漫的，看不到一点儿绿意。春天的风比冬天刮得还勤，不停地刮。有时早上就开始刮大风，风把库布其大沙漠的沙子卷起来，天空灰黄灰黄的。刺鼻的尘土味弥漫在空气里，不论是家里还是野外，到处都是，让人无处躲藏。老乡们说：“今年春深，暖天来得迟，黄风看立夏停吧。这里有‘立了夏，风死下’的农谚。”

在乡亲们的帮助下，母亲和二叔的病慢慢好了。王来祥一家是新来的，没有地种。他们又人生地不熟的，找营生很难。在刮风的这段日子里，父亲和二叔一个村子一个村子地打问，看有没有营生可以做。直到进了四月里，肆虐的黄风渐渐停了，河岸上、村头上的柳树抽出了绿色的枝条，向阳坡上冒出了青草的嫩芽。父亲终于找到了活儿，给一家地主当长工。二叔也找到了一个打短工的活儿。

母亲行走、劳动都不大方便，但是为了生活，还是得下地干活儿。母亲和叔母在村里，农忙季节给别人帮工，平时还做一些杂活儿。到了锄地时，她们帮人家锄地，到了收割时，又帮人家收割。有时她们做营生的地方离家近，中午还能回家吃顿热乎饭；有时离家很远，她们就吃自己带的冷饭。夏天，烈日当空，灼烤着大地，干燥炙热的空气划根火柴就能点着似的。母亲天一亮就下地了，这样的天气，弯下腰咸涩的汗水就流进眼里、嘴里了，何况母亲是跪着在地里干活的。中午不回家，母亲就用凉水就着干粮吃一顿，晚上回家后，浑身疼得连上炕都很困难。就这样，母亲歇一晚上，第二天带着干粮又下地了。母亲不论给谁家做营生，都是又实在又卖力，尽心尽力地做，村里人都愿意雇她，所以从春天耕种到秋天庄稼上场，母亲很少有空闲时间。

因为母亲的脚实在不适合在农田里干活，所以后来母亲不下地做农活儿了，只是在家做家务，也给别人家做针线活儿。冬天，母亲在家里做针线活，整夜在油灯下纳鞋底。王来祥就在母亲的身边睡着。

小的时候王来祥什么也不懂，到五六岁时，看着母亲在油灯下专注细致地缝出很多大人的、小孩的衣服和鞋子，然后这些衣物穿在了别人的身上，他很羡慕。特别是过年，村里好多孩子穿的是母亲缝的新衣服，他着实爱得不行，就怯生生地和母亲说自己也想穿新衣服。母亲心疼地摸摸儿子的头说：“等缝完了别人的衣服就给你缝。”

那年冬天，母亲真的给他们兄妹三人每人缝了一件旧里新面的棉袄，怕穿旧穿破，母亲还在容易磨破的地方缝上块旧布，这样，第二年过年时将旧布拆下来，衣服看上去还是新的。

母亲非常能干，在冬季他们兄妹三人总有棉衣穿。虽然衣服总是补了又补，但是母亲手艺好，衣服看上去还是齐齐整整的。贫寒的家境使得王来祥从小就养成了吃苦耐劳的优秀品质。六七岁开始，他就开始给家里捡柴火，帮母亲做家务、照顾妹妹。日子虽然艰苦，但兄妹三人有父母的疼爱，还是很幸福的。

母亲是个性格开朗的人，和邻居们相处得很好。人们谈起母亲总是用夸赞的口气说："她精明强干，是个持家的好女人。"奶奶也常对邻居们说："我们常泰家的，善良贤惠又孝顺老人。"在那个时代，儿媳妇能得到婆婆的夸赞是非常不容易的。

在李祥圪堵安顿下来的那几年中，虽然穷点儿，但日子过得还算安稳。

穷苦人最怕兵荒马乱，一九三七年日军占领了包头。新的灾难来了，李祥圪堵失去了往日的安宁，处于战乱之中。李祥圪堵与包头只隔了一条黄河。夏天尽管有国民党的军队驻守渡口，但日本人还是经常渡过黄河进村抢掠。冬天，黄河结了冰，日本人过河偷袭更频繁了，他们经常进村抢掠财物和粮食。昭君坟的日军和伪军经常到村子里来抓人去当劳工或抓人带路。国民党军队不停地给村民摊派差事或者抓劳工修筑工事。在这样的情况下，村里的年轻人已经不多了，庄稼也没办法好好种，黄河两岸的人民处在水深火热之中，有钱人纷纷搬走了。李祥圪堵只留下了六七十户人家，战乱侵扰，庄稼歉收，人们的生活很艰难。

每年深秋，王来祥的父亲和叔父都会跟随村里的乡亲们一起到沙梁搂棉蓬打棉蓬籽。棉蓬是沙梁上长的一种野草，草籽磨成面能吃。大地会为人类提供无穷的馈赠，草籽也能让人们在艰难的岁月中维持生命。兵荒马乱的年头，李祥圪堵大部分人都是靠吃草籽、野菜艰难度日的。母亲每年秋夏会腌很多苦菜，夹和着粮食和草籽吃。母亲把饭做熟端到炕上后，就转身做这做那，想法让孩子们先吃，她自己最后吃。

一天，李祥圪堵村的村民们得到消息，说日本人要来村子里扫荡，大家都做好了随时避难的准备。一九三九年腊月三十晚上，整个村子没有一丝年味，黑沉沉的，十分可怕。六七十户人家没有一家挂灯笼的。村子里没有人走动，整个村庄沉浸在寂静之中，空气里弥漫着一种危险的气息，人们提心吊胆地守在家里，时刻准备应对突如其来的灾难。果然，半夜里，村外树林后面的一声枪响划破了这可怕的沉静，震撼着大地。

不知是谁喊了声："日本人来了！"村里顿时乱作一团，做好准备的人们领着老的、背着小的，急速向村外跑去。父亲背起妹妹、拉着王来祥，领着全家五口人随乡亲们趁着夜黑路熟，跑到了离村子有十多公里的沙梁里藏了起来。奶奶和村里的几位老人藏在了村子附近的窑洞里。这窑洞是专门为躲藏日军和土匪准备的。

天气也和这里的人们过不去，这个夜晚特别寒冷，藏在沙梁里的人们在一处背风的地方挤在一起，父亲用自己的身体为王来祥母子们挡风。可是一阵一阵的寒风还是吹进了他们的身体里，像一道铁箍，箍的人心脏都感觉紧紧的。冷风像鞭子一样抽打着王来祥的身体。他把头埋在母亲的怀里，双臂紧紧抱住妹妹瘦小的身体，冻得瑟瑟发抖。父亲看这样下去大家都会被冻坏的，就让大伙儿不要出声，悄悄地来回走动走动，这样活动着不至于被冻僵。父亲不时地揉揉王来祥和妹妹的小手、小腿。人们无言地走动起来，像一群幽灵在这黑沉空旷的沙梁里走着，静静地等着天亮。那天，多亏母亲给王来祥兄妹的脚上裹了麻纸，不然他们的脚可能就冻坏了。

天终于亮了，太阳出来了，天气暖和了许多。村里有人来报信，说日本人还没走，乡亲们还不能回家。就这样，他们在沙梁里搭建了草棚，挖了地窖，藏了十来天。王来祥的父亲和几位年轻人每天夜里偷偷摸回村子附近查看情况。这天夜里，他们刚摸到村口，就听到村子里马嘶人叫的。日本人在这里等了几天都没有抓住一个人，于是把能带走的东西都带走了，然后一把大火把村子烧毁了个精光。趁着混乱，父亲跑回村子灭火，可是自家的房子还是被烧了大半。

日本人走了，人们回到村里，看到的是黑灰色的塌墙圐圙，他们的房子全被日本人烧了。被烧成黑灰色的村庄笼罩着一种死亡的气息，这一场景深深地印在七岁的王来祥心里。村子住不成了，二叔一家和村子里大部分人都搬到梁外去住了。王来祥一家在梁外住了一冬天，春天又回到了村子里。此时，村里只有三户人家回来居住。王来祥的父亲在被日本人烧了的房圐圙上重新搭建了房顶，对房子其他受损部位修理加固，房子将就能够住人。一九四五年日本人投降后村里逃出去的人陆续回村，村子里的人才逐渐多了起来。

一九四二年的冬天格外漫长，也格外寒冷，寒冷催生了一场又一场的大雪。这个冬天，王来祥一家遭到了一场灭顶之灾，无法承受的苦难让人感到窒息。

当时，日本人和伪军经常来沿河的村子里祸害村民，让人们苦不堪言。农历十一月，奶奶说快到腊月了，让父亲到柴登去看望二叔。一九三九年日本人烧毁了村子里的房屋后，二叔一家就搬到了柴登。父亲听从奶奶的话，步行去了二叔家。不知是路上劳累还是受了风寒，到了二叔家的第二天，父亲就得了急症，还没来得及送回李祥圪堵就去世了。二叔没办法把父亲的遗体送回李祥圪堵，就在柴登给父亲买了一口棺材，连一身新衣服也没有给他换，穿着他去世时的随身衣服将其下葬了。父亲下葬时，住在李祥圪堵的家人们老的老、小的小，外面又是冰天雪地，无法赶到柴登，是二叔独自一人将其埋葬的。

父亲去世后，王来祥一家人笼罩在巨大的悲痛中，然而，就在此时，更大的灾难又来了。村子里出现了一种病，邻居秦万宝家病倒了好几个人。父亲的匆匆离世让母亲和奶奶悲痛万分，相继病倒了。村子里只住着三户人家，附近的村子没有医院，也没有医生，连个卖药的小铺也没有。而且，王来祥的家里也没有看病买药的钱，母亲和奶奶只好用一些土办法——扎针、放瘀血、拔火罐等试图缓解病痛。然而，这些办法用遍了，母亲和奶奶的病仍不见好。母亲常常被病痛折磨得整夜翻来覆去睡不着觉。十岁的王来祥、十七岁的哥哥和七岁的妹妹只能眼睁睁地看着奶奶和母亲的病一天天加重，毫无办法。

这不知是种什么病，得了就好不起来。当时又是寒冬，到处都是冰天雪地，她们去不了外地，只能苦苦支撑着。邻居秦万宝家已经死了六口人了，死亡的气息在村子里蔓延，悲痛和恐惧笼罩着这三户人家。本来人口不多的村子更加死气沉沉、孤寂悲凉。

缠绵病榻的母亲感觉自己时日不多了，把大儿子王来庆叫到跟前，流着泪嘱咐道："我死了以后，来庆你给我梳头、缠脚。等你们长大后，把妹妹青秀娉回府谷老家。老家有姑姑姨姨们，青秀有个走串处，不会觉得孤单。"王来庆抱着母亲痛哭流涕，一边听着一边使劲点头，颤抖着声音说："我记住了。"

后来，这些亲戚都从府谷老家"走西口"来到了李祥圪堵，青秀也就留在了李祥圪堵，没有回府谷，这是后话。

腊月初十那天是个晴朗的早晨，蔚蓝的天空中万里无云，明丽的阳光把积满雪的村子照得亮得刺眼。这时，李祥圪堵整个村子像睡着了一样，看不到炊烟，也没有了鸡叫狗咬的生活气息，感受不到生活脉搏的跳动，只有那些光秃秃的树木冷冷地站在那里，还有灰红色的红柳在寒冷中倔强地挺立着。

母亲还是什么也吃不下去。王来祥烧好了水，坐到母亲身边，端着碗一口一口地给母亲喂。母亲无力地摇了摇头，眼神呆滞，漠然地看着他，喘得很厉害，张着嘴艰难地呼吸着。她伸出五根几乎让人不敢触碰的枯柴似的手指，费力地抓住了儿子的手。她眼角悄悄淌出的两滴泪水，顺着脸上的皱纹一滴一滴地滑落在王来祥的手背上。母亲的身子颤抖着，嘴唇微微动着，好像是在说话，但又听不清在说什么。他把碗放下，用双手握住母亲枯柴棍似的手时，感觉母亲的手冰凉冰凉的。是不是这屋子太冷了？他放下母亲的手，赶紧跑到外面抱回来一大捆柴火，他要把家里烧得暖暖的，让母亲的手不再冰凉。但是，王来祥把家里烧得再暖也无济于事了。母亲的呼吸越来越弱，她张着嘴，眼睛看着他们，好像有千言万语要说，却发不出音来。她在绝望和痛苦中慢慢地闭上了眼睛。母亲的手永远没有了温度。她停止呼吸这天，离父亲去世只有二十一天。兄妹三人抱着母亲哭喊，但无论怎样喊，母亲都没有回答他们一声。母亲冰冷的身体渐渐僵硬。大哥给母亲梳好头、缠好脚，把母亲平时舍不得穿的嫁衣拿出来给母亲穿上后，便到邻居家叫人帮忙去了。

也许人太过于悲痛心就麻木了。大哥请来邻居家才失去亲人的两位老者。他们看着王来祥母亲的遗体，脸上没有任何表情，只是吩咐王来祥兄弟俩到沙梁上掏一些沙蒿来用。母亲连副棺材也没有。村里仅剩的两个有力气的人帮王来祥兄弟俩给母亲盖了一床被子，然后把她放在推车上，推到一个沙壕里放下，在她身上盖上沙蒿，又放了些粗树枝，准备等来年开春再埋。一方面是数九天地冻得如石头一样硬，挖不下去；另一方面是准备等开春后把父亲的遗体从柴登运来后与母亲一并埋葬。帮忙的人走后，兄弟俩觉得这样放着母亲的遗体可能会被野狗吃掉。他们用手挖、用脚蹬，把沙梁上面的雪、沙土往母亲的遗体上盖。雪和沙顺着沙坡流到沙壕里，慢慢堆积在母亲身上。兄弟俩不知用了多长时间，还没把沙蒿和那些树枝完全覆盖住。黑云飘到沙梁的上空，投射在沙梁上，灰暗黑沉的暮色越来越浓了，更显无限悲凉。沙梁上只有他们两个人，周围死气沉沉的，了无生息，恐怖的寂静令人紧张。他俩不忍心丢下母亲，又无奈天黑了，这荒野里不能再待下去了。远处，村子里的灯光给这黑沉沉的夜添了一点儿亮黄，他们有了回家的勇气。

兄弟俩不记得是怎样从沙壕走回来的。回来后，王来祥昏昏沉沉地睡了两天。没几天，奶奶也不行了。王来祥流着眼泪爬到奄奄一息的奶奶身边，抓着奶奶的手，央求奶奶不要丢下他们。他一刻也不敢离开奶奶，生怕一离开就再也见不到奶奶了。他默默地流着眼泪，守了奶奶两天两夜，但最终还是没有留住奶奶。奶奶也离开了人世。兄弟俩把奶奶放在母亲旁边，用同样的方法把奶奶掩埋了。

父母带着对儿子和女儿深深的挂念和不放心走了，奶奶也丢下他们走了，留给他们兄妹三人的是无尽的悲痛和永远的怀念。三个未成年的孩子一下子失去了三位最亲的亲人，不知该怎么办，也不知道该去哪儿。他们守着这座充满悲伤的土房子，房子空落落的，三个孩子的心更是空落落的。王来祥和大哥看着在睡梦里哭喊着找妈妈的妹妹，暗暗落泪，在心中哭喊："父亲、母亲、奶奶，你们咋说没就都没了，就这么丢下我们离开了。我们该依靠谁呢？"王来祥兄妹三人陷入了孤苦无依之中。

第四章 辛苦揽工

妹妹还小，经常哭着要妈妈，王来祥和大哥尽心照料着妹妹。兄妹三人孤守在这座充满悲伤的房子里，整天哭泣，那惨相十人见了十人落泪。村里另外两家邻居相继失去了亲人，也处在失去亲人的悲痛中，但还是想法子把王来祥家的事转告给王来祥的二叔。十几天后二叔才得知消息，眼看要过年了，他赶了辆牛车到李祥圪堵村把兄妹三人接回了自己家。有妈的孩子有人疼，没爹没妈的孩子所遭受的苦难是难以想象的。二叔和叔母对他们兄妹三人疼爱有加，但二叔家的日子也不好过，仅靠二叔一个人揽工挣钱，维持一家人的生活。这一下子添了三张嘴吃饭，生活难以维持。

一九四三年春天，灰中透绿的树木已经换上鲜艳的绿色盛装，原野上长出了绿草，可在陡坡下的背阴处还是一片枯黄色。有钱人家同龄的孩子已经开始坐在私塾里读书了。王来祥特别羡慕他们，他多么渴望自己能读书，哪怕几个月也行。现实是残酷的，眼下活下去都艰难，哪儿还敢奢望读书呢。夜深人静时，王来祥总会望着天上的星星思念父亲和母亲，他想，如果父母活着，一定会想办法让他上学的。

他想回李祥圪堵，他想念李祥圪堵那个他们自己的家，那个土房子里有父母亲对他们最无私的爱。强烈的思念搅得他无法入睡，常常呆呆地望着星空到天亮。

为了活下去，哥哥王来庆外出揽工。十一岁的王来祥在柴登壕白家村给地主放牛放羊，收入和工作不固定。他出去放牧都是在野外，每天早出晚归。遇到刮大风就遭罪了，特别是遇到雷雨天更是没处躲，只能让大雨淋着，冷得直打牙磕。

王来祥的脚上经常没鞋穿，总是赤脚行走在野外。叔母给他缝的新鞋他在夏天时舍不得穿，路好走的时候他将鞋子用绳子捆住背着，赤脚走，遇到很难走的石头林或是杂草丛时才拿下来穿。所以他的脚经常被草割破，有时踩上扎离儿钻心地疼。

盛夏的一天，王来祥在沙梁畔放牛。梁畔上没有庄稼地，牛可以自由自在地吃草。太阳有点儿不乐意地躲在白色的云彩后面。王来祥坐在草地上，用手拔起一棵草，白白的根散发着香气。将根上的土抖净了放在嘴里嚼，有淡淡的甜味。他觉得吃这草的白根也许能止饿，于是就一根一根地嚼起来。吃着吃着，沙蒿浓烈的苦涩味熏得他鼻子痒痒的，打了个喷嚏然后抬头一望，才发现牛已经不在沙梁上了。他站起来就走。“啊!”没有穿鞋的他踩了满脚的扎离儿。他赶紧坐下拔脚上的扎离儿，拔完了站起来，看着到处是乱糟糟的紧紧贴在地上长的扎离儿苗，他又急着要追牛，只好把背上背着的鞋解下来。看着新个愣愣的鞋，王来祥有点儿舍不得穿，但眼看牛群走远了，他狠狠心把鞋穿在脚上，撒丫子跑着追牛群去了。

这时西边天空出现了大片的云彩，低低的，紧贴在地平线上。天气又闷又热，发布着大雨要来的讯息。得赶紧回村子，王来祥赶着牛快速向村里走去。云彩气势汹汹地和王来祥赛跑，云低低地、威风凛凛地涌动着，越来越近。最终，王来祥还是慢了一步，当他把牛赶进圈，冒雨回到他住的草棚里时，衣服已经湿透了，整个人像落水的小鸡，冻得瑟瑟发抖。

王来祥把湿透的衣服脱下，拧干抖开放在草上。他再没有别的衣服穿了，只能钻进草棚里唯一一件被当作被子的冬天的皮袄里。

天黑了，雨继续下着，王来祥蜷缩着身子睡着了。他被蚊子咬醒了，感觉肚子饿得厉害，摸黑把还没有晾干的衣服穿上，想去吃饭。他看外面黑洞洞的，不知是夜里什么时候了，不敢惊动东家，只好待在草棚里。一道闪电把草棚照亮了，接着响了一声恐怖的炸雷，雨随之下得更大了。风把雨水吹进草棚里，王来祥吓得钻进皮袄里缩成一团，不敢动弹。

农村有一种很小又会飞的蝇虫，当地人叫它“猛子”。这种小蝇子爱往人的耳朵里钻，钻进去后耳朵又疼又痒，还“嗡嗡”响，很难受。它钻进耳朵之后很难弄出来。当地人用一种土办法，把沾布上的泔水滴在耳朵里，“猛子”就会自己钻出来了。王来祥中午在野地放牛时有“猛子”钻进了耳朵，本想放牛回来吃饭时让他们给滴点儿沾布上的泔水，结果下起了大雨，他连饭也没吃上。肚子饿、蚊子咬、耳朵“嗡嗡”响，一个十一岁的孩子遭着这样的罪，在这风雨交加的深夜，独自一人蜷缩在透风漏雨的草棚里，在孤独与无奈中默默想念自己的妈妈。他好想在妈妈的怀里大哭一场。“妈妈你在哪儿，你想我吗？我好想好想你啊！”他蜷缩在皮袄里默默流着眼泪，轻轻地喊着：“妈妈……妈妈……”

外面的雨不知什么时候停了，王来祥在迷迷糊糊中听到有人喊“二愣”（王来祥的小名叫二愣）。

“妈妈……”王来祥眼也不睁，喃喃地说。

“哪儿有妈妈了，是我，醒醒，快醒醒。”

原来是到吃早饭的时间了还不见王来祥，东家女主人来到草棚，发现王来祥还睡着，觉得不对劲，叫了他两声，还不见起来。这孩子向来不偷懒，这是怎么了？东家女主人伸手摸了摸王来祥的额头，烫得厉害，原来是生病了。

东家女主人赶紧跑进屋熬了碗姜汤端来给王来祥喝了。穷人家的孩子骨头硬，喝了一碗姜汤出了身汗，王来祥高烧退了，吃了一顿饭歇了歇，病就好了大半。下午，王来祥托着虚弱的身子又去放牛了。他耽误了放牛，东家女主人并没责怪他，还给他熬姜汤喝，这让王来祥充满了感激之情，他要更加勤快地做营生来报答东家。

那年冬天，王来祥没给别人家打工，在二叔家里做营生。大冬天又没有袜子穿，光脚穿着露指头的烂鞋，脚后跟上经常裂血口子，走路疼得要命。叔母为了治好王来祥脚上的血裂子，把热油或热土豆泥抹在裂子口上，真是扎心的疼。他光着裂血口子的脚，在炕上的拐角处盖着皮袄睡觉。由于思念母亲，他常会在睡梦中听到母亲喊“二愣”，醒来却是又冻又疼又难熬，只能悄悄掉眼泪。有时他望着弯弯的残月沉思：“这种日子甚时候才能熬出头？”他盼着自己快点儿长大，觉得自己长大了就有能力改变命运了。

他一天天长大，命运还是一如既往地对待他，没有给他一丝好转。

一九四五年日本人投降后，李祥圪堵搬出去的村民陆续回来了，李祥圪堵人又多了起来，袅袅炊烟又飘在村子的上空。牛羊在草地上吃草，人们在田野里劳作，李祥圪堵又有了生机，也有了生活的温馨情景，这让王来祥更向往回到李祥圪堵。这次，他的愿望没有落空，一九四六年春天，王来祥兄妹三人随二叔一家从柴登搬回了李祥圪堵。

回到李祥圪堵后，大哥给人家做长工，常年不在家。王来祥年龄还小，夏天给人家放羊，冬天给人家喂牛，有一顿没一顿地艰难过活。苦难的生活磨炼出王来祥吃苦耐劳的性格，不论做什么事、给谁家做，他都会尽心尽力去做好。有时到了吃饭的时候还没有做完营生，他就坚持做完才去吃饭。遇到好人家饭熟了就让他吃了饭再去做，还能吃口热乎饭。遇上不好的人家，他不但会挨骂，而且有时连口热乎饭也吃不上。等他做完了营生，饭已经凉了，要么就吃人家的剩饭。怕二叔和叔母担心，王来祥在外面受了多大的委屈都只会装在肚子里，从来不讲。

那天天气很冷，傍晚王来祥把羊收回圈，数来数去总是差一只。他把羊仔细看了一遍，发现丢了一只怀羔的母羊。他从十一岁给人家放羊到现在，从来没有出现过丢羊的情况，他害怕了，不敢对东家说，独自一人出去找羊。他把能找的地方找遍了，依然没找到。天越来越黑，越来越冷，一个又冷又饿的十四岁的孩子黑天半夜的在荒草滩里转悠，一心想着找羊，忘记了害怕。找不到羊他不敢回去。他找着找着，不知不觉向村子走去。到了村口，他停住脚步朝村子里望去，看不见一户亮灯的人家——村里的人们已经睡了。他不敢往前走了，向四周张望，还是看不到羊的影子，急得眼泪都掉下来了。这时，他突然听到离他很近的地方有羊的叫声，借着月光，王来祥看见了那只母羊正在用舌头舔着刚生下来的小羊羔。他惊喜地跑过去抱住母羊，长长地舒了口气。

王来祥领着母羊，抱着小羊羔，向村里走去。他走到羊圈时，正好被起夜的东家遇见。东家傍晚没见王来祥来吃饭，以为这孩子是回家去了。这大半夜的看见王来祥抱着个小羊羔回来，着实吃了一惊，一问才知道这孩子找了大半夜的羊。看着王来祥怀里的小羊羔，东家埋怨道："羊丢了天明了再找呢哇，找到了很好，找不回来就算了，不就是一只羊么。这大半夜的在荒滩野外的，你要是让野狼叼走了或是出了别的事儿，我咋向你二叔交代呀！"说完，东家帮王来祥把羊圈在圈里，从屋里拿了一大块饼子递给王来祥，让他赶快吃了睡觉。王来祥走进那间他住的土屋，屋里漆黑一片，他摸索着上了炕，狼吞虎咽地把饼吃完，蜷缩在皮袄里，又开始想念母亲了。他心里特别难受，在对母亲浓浓的思念中睡着了。

十六岁那年，他给一家姓李的人家做长工，除了放牛，农田里的活儿他也干。王来祥从小受母亲熏陶，干活不惜力气，很实在，活儿做得也细致。虽然他还是个孩子，但是农田里的活儿基本都会干。他不用主人安排，自己会主动找活去干。特别是农忙季节，他都是起早贪黑地做营生。这家女主人很好，心地善良，见王来祥这么勤快，对待他还不错，到吃饭时经常喊他一声。他不再吃冷饭了，而且也能吃饱肚子。

就在这年冬天，王来祥得了一场大病。刚开始他觉得身体不舒服，也没吱声，还天天放羊喂牛，也干些杂活儿。过了几天，他浑身发出了水痘似的东西，病情加重了，连走路都很困难。这家主人通知了王来祥的二叔。二叔赶着牛车把王来祥接回了家。

回到二叔家，他就躺倒在炕上不能动了。当时没有医生，也没有药，叔母给他用了一些偏方也不见好，病了一个月，完全不能下地。他虚弱到了极点，瘦得皮包骨头。人眼看就不行了，全家人急得只是哭，又没别的办法。

生命是脆弱的，脆弱得像一缕轻烟，飘着飘着就不留痕迹地消失了。生命又是厚重的，厚重得像一块磐石，任由风吹浪打，击不碎，也吹不跑。在人们都觉得王来祥这病没有希望好起来的时候，王来祥奇迹般地转好了。在亲人们的精心照料下，他的病慢慢好转，一个月后，病完全好了。此时，也到了年关结算工钱的时候，这家人给王来祥按满年算了工钱，没有扣除他生病期间的工钱。第二年，王来祥要给他们补工，这家人说："不用补，只要你身体好了就行。你今年来干活，还按满工算。"

从小受尽磨难的王来祥感动不已，把这份恩情铭记在心，他总是和人们说他遇到好人了，对他很好，还多给了他工钱。这件事对王来祥触动很大，也给了他生活的动力，他告诉自己要努力活下去，努力让生活好起来。王来祥在心里暗暗想："今后只要有机会，一定要加倍报答这位好心人。”

后来，这家的女主人成了寡妇，生活在穷困之中。王来祥接济了她几十年。王来祥成家有了孩子后，经常给孩子们讲他的这一段经历，让孩子们懂得知恩图报。

第五章

参加工作

★事迹总览
★媒体报道
★人物评述
★作品赏析

扫码获取

/第五章/ 参加工作

生活总是很艰难的，有时像小河过滩一样会浅下去，今天浅的能看到乱糟糟的沉在泥淖中的杂物，而且这些杂物与像面糊糊一样的大地黏在一起，想从这里迈一步都很困难，费力到让人窒息；可也许明天，小河又满是河水，激情奔流。

一九五〇年的冬天没有守住它自己的阵地，一冬落下的积雪早早地就融化了，埋在雪里的杂草与枯叶同大地一起裸露出来。大地比往年更早地现出了本来的模样。一九五一年的春天早早地来到了李祥圪堵，春节一过，天气明显地暖和起来。就在这早春的温暖之中，十八岁的王来祥面临着人生的重要抉择。

新一年的春天到来，人们又开始找营生了。“一年之计在于春。”王来祥正准备外出揽工，开始这一年的生计。这时，达拉特旗人民政府派到李祥圪堵的两名下乡干部在村子里做宣传，号召农村青年到伊克昭盟干校学习，管吃管住。得知这一消息后，王来祥想了好几天还是没有想明白，他不相信世上会有这样的好事。从小到大，他都是吃苦受累，低头干活，从来都不知道李祥圪堵外面的世界是什么样子的，也从来没有遇到过这样的好事情。他没有读过一天书，不认识一个字，也从来没有人给他讲过共产党的政策性文件，对当时的社会形势不了解，怀疑是国民党要花招变相招兵，不敢贸然去报名。可是，管吃管住这一条件对他的吸引力太大了，多好的机会呀，他不想错过。

从王来祥记事起他就给人家揽工，没少吃苦，忍饥挨饿、吃苦受累的，被人看不起，还还受人欺负。王来祥想改变现状，想挺起腰杆做人。一直以来，不论他和大哥怎样拼命地干活儿，他们兄妹和二叔一家十来口人的生活还是非常艰难，苦苦支撑，无法改变少吃没穿的生活现状。小时候他想，长大了自己就有能力改变命运了，就会有好生活了。可是，随着年龄的增长，他渐渐有些明白，自己是穷人，一直过着贫穷的日子，靠揽工受苦是改变不了自己的命运的。王来祥渐渐明白，现实是严酷的，更觉得生活无比沉重。哥哥已经到了结婚的年龄，妹妹也快到出嫁的年龄了，可是一家人眼下过的日子让人感到无奈。

伊克昭盟干校学习班，这也许是他的一条出路。只是他听说的招生条件太宽了——只要不是茶子就要，这让王来祥不敢贸然去报名。前几年，村里有些年轻人听信了国民党的宣传，误入国民党军队后，有的再也没回来，有的经历了九死一生才逃回来。可现在是新中国了，人们都说社会变了。王来祥陷入了纠结与焦虑之中。那几天，他整晚整晚地睡不着，一直睁着眼睛想，还是想不清楚。不想误入国民党的圈套，就必须弄清楚这是怎么回事。他准备去问问村里的人，听听他们是怎么想的。

正月的最后一天，清晨的阳光从蒙了层水汽的窗户透进来，家里变得亮堂起来。家里人还没起床，王来祥没有打扰他们睡觉，悄悄走出了家门。这时，太阳还没完全升起，天空万里无云。村子里已有一缕一缕的炊烟飘向天空。王来祥去了几个青年人家里，问他们去不去伊克昭盟干校。村里的青年人毕竟都是和土地打交道的，没有接触过共产党的教育，有的人和他一样持怀疑态度，有的人也说不清这是怎么回事，定不了去还是不去。

王来祥决定要做的事，便不会轻易放弃。没有人能给他明确的建议，他决定亲自去达旗人民政府问个清楚。

他鼓起勇气向村外走去，刚走到村口，就看到在政府工作的苏正志。这个人是正月来他们村宣传共产党的政策时和王来祥认识的。王来祥想，他是在政府工作的，一定知道伊克昭盟干校学习班是怎么回事，就迎上去问，并把自己的怀疑告诉了苏正志。苏正志告诉王来祥，现在是新中国，是共产党领导的国家。这里已经解放了，已经没有国民党军队了。伊克昭盟干校是共产党办的，是专门招收农村受苦的青年人，培养建设社会主义、为人民服务的干部的。学校招生的条件不高，没文化的人也能报名，但是必须得自愿报名，录用后学校管吃管住，还会教大家文化知识。苏正志还给他讲了一些共产党的政策，告诉他如果想报名，大可以放心去报。

王来祥生平第一次听到了这么多新鲜的事儿，心情久久无法平静。他离开苏正志后，突然想去看看他们以前住过的土屋，也就是母亲过世时的那个土屋。

天蓝得像水洗过一样，一片片白云静静地飘浮在天空中。这时正是吃早饭的时候，一缕缕炊烟轻轻地从村子的上空向更高更远的天空飘去。王来祥走到二叔家时，白蒙蒙的热气从门缝里钻出来，家里人正在吃早饭。他没回二叔家吃饭，而是向那个他八年不敢面对的土屋走去。八年前父母和奶奶相继去世后，他便给这个土屋加了一条“罪名”——不吉利。自他们离开这里之后，他没有再回来过这个屋子，家里其他的人也都没有回来过。搬回李祥圪堵后，他总是不由自主地向那个土屋望去，有几次他想去看看，但又不敢去。今天，他一定得看看这个土屋。他静静地走到土房子跟前，土院墙不知在哪年倒塌了，院子里干枯的荒草东倒西歪的，房顶已经塌了，满目苍凉。在父亲去世的那年春天，他和父亲在院子西南角栽的那棵柳树如今已长成了大树，一根树枝伸在土屋的破墙上，仿佛在向土屋诉说着世事的变迁。土屋让他想起了父母在世时的许多事，八年来悲苦的人生经历一件一件在脑海里涌现。

他靠在柳树干上，任由那些往事一幕幕闪过。过了很久，他从回忆中拉回自己，看着破败的土屋，细细回味着苏正志说的话。他沉浸在一种说不清的思绪中，这种思绪是他从来没有过的，有些散乱，可又有些幽深难解。这种思绪在他的脑海里翻腾着，一种从来没有过的酸楚从他心底涌出，带出了他埋在心底的对父母的无限哀思和对自己人生的担忧。这一切最终化作了无尽的泪水，沉积在心底一直压抑的情绪释放出来了，他毫无顾忌地哭了起来。父母去世后的这八年，无论受了多大的委屈、遭了多大的罪，他都只是悄悄地流过眼泪，没有如此失声痛哭过。他想把这几年所经历的一切说出来，可是在这无人的院落里，没有人来听他的诉说，也没有人能理解他。他痛哭流涕，想把所有的委屈和所有的无奈都哭出来。

王来祥痛痛快快地哭了一场后，觉得心里舒服多了，思路也清晰了。突然，他感觉到在李祥圪堵村子的外面，有一个辽阔的、崭新的世界。他要去这个崭新的世界里认识新的事物，开始新的人生。

光秃秃的树黝黑的轮廓在深蓝色的天空下显得异常清晰。星星点点的星光透过树枝的缝隙投射下来，在这静夜，人们可以肆意品尝安宁的滋味。整整一天王来祥都没有回家，一直坐在他与父亲共同栽种的这棵柳树下。在这里，他想明白了一些事情，心情平静了许多，也轻松了许多。虽然苏正志对他讲的话他还没有完全弄明白，但是他抱定了一个朴素的信念，那就是到干校学习总比给人家揽工受苦强。以后，他再也不用愁吃了上顿没下顿，也不用再过漂泊不定的日子了。再说了，自己现在就是一个揽工受苦的穷小子，又有什么好担心的。如果干校不是像人们说的那样，也不是他想象的那样，大不了他就逃回来继续当农民。最终令他下决心的还有最重要的一点，那就是这个干校是共产党办的，他觉得值得去试试。

他下了决心，明天就去报名。

做出了决定后，他长长舒了口气，心情舒畅了，这才发现已经是夜幕降临、繁星满天的时候了。夜晚的村子十分安静，不远处二叔家的灯亮着，黄色的灯光射入黑暗中，显得雾蒙蒙的。王来祥觉得身上有了凉意，肚子也饿了，赶紧回到二叔家里。二叔见他这么晚才回来，担心地说：“你这是去哪儿了，饿了吧？”他朝二叔点了点头，没吱声，也不管大哥投来的责备的目光，端起灶台上早已冰凉的稀粥，“咕噜，咕噜”吞下了肚。他没有把自己的决定告诉二叔和大哥，一是怕他们担心，二是怕他们阻拦。

第二天，是个晴朗的日子，王来祥独自一人步行了一百来里路，来到当时达拉特旗政府所在地展旦召，找到了领取报名表的办公室。他鼓足勇气走进办公室，看到有几个青年人在填表。他领了报名表，但是自己不会填写，找别人帮忙填好之后，恭恭敬敬地双手把报名表递给工作人员。他向工作人员问了很多问题，工作人员一一给他详细解答，并让他回家等待通知。听了工作人员的讲解，他更坚定了要走出李祥圪堵的决心。

王来祥一身轻松地走出办公室，正巧碰见在人民政府秘书办公室工作的一个老乡。老乡听说他是来报名到干校学习的，就劝他不要去干校了，因为他不识字，去了干校肯定跟不上人家的教学进度，不如留在政府。

“不识字的人政府要吗？”

“要。”老乡告诉他秘书办公室缺一位通讯员，每月能挣薪金，还能学文化。“你看你想不想干。”

王来祥觉得又能挣薪金又能学文化，这是天大的好事，既然自己不适合去干校，那么能在政府做事也行啊，便爽快地答应了。人生的苦难和曲折就像江河的回流和弯道一样，改变不了江河入海的方向。王来祥很快就收到了录用通知，至此他有了一份正式的工作，一份改变了他命运的工作，一份让他有了新的人生目标的工作。

接到录用通知后，他才把要去政府上班的事告诉了家人。全家人都很高兴，都非常支持他。

二叔感慨地说："世道变了！"停了停继续说，"管吃管住，能学文化，还给薪金，比你当长工强。还是那句老话，人挪活，树挪死，当年如果不离开府谷老家，咱们也许都饿死了。你长大了，该出去闯一闯。"

一九五一年农历二月初五，王来祥正式报到上班。上班那天，二叔拉着王来祥的手语重心长地说："今天开始，你就是政府的人了，要听领导的话，好好工作。"

叔母把王来祥的衣服洗得干干净净的，把破了的地方仔细补好，掉了的扣子缀上。王来祥理了发，把自己收拾得干净得体。

达拉特旗政府办公室，一个精神的小伙子走了进来。当时政府办公室的秘书由茂功拍着王来祥的肩说："小鬼，今天你就算正式参加革命工作了，好好干！"由茂功给了他一本《农村识字课本》，让他好好认字学习。王来祥听到"革命"两个字，虽然不理解是甚意思，但心里还是喜滋滋的，感觉自己的命运就要改变了。他觉得自己碰到好人了，而且这些好人不同于十六岁那年自己碰到的好人。那年的那位好人多给了他工钱，鼓励他活下去，给了他继续努力生活的勇气。如今，十八岁的他碰到的这些好人给了他人生的目标——做好革命工作。

从此，"工作是革命"这颗种子深深埋进了王来祥的心里，激励了他一生。

才工作了几天，王来祥就学到了很多东西，了解了很多事情。他认定自己的生活会好起来，也明白生活不单单是为自己的吃穿奔波，还有很多其他的事情要做。

随着国内形势的发展，李祥圪堵有了翻天覆地的变化，进行了土地改革，贫苦农民实现了“耕者有其田”的理想。二叔和大哥都分到了土地，那土地是自己的，想种什么就种什么，由他们自己做主。他们再也不用给别人家揽工了。以前每到秋天收获的季节，看着用自己的汗水浇灌出来的庄稼都是别人家的，心里那种不好受的滋味好长时间才能抹去。现在新中国成立了，政策变了，穷人成了土地的主人，谁家种的土地收获的粮食就是谁家的，这让他们这些穷苦的农民感到非常开心。

第六章 光荣入党

/ 第六章 /　光荣入党

三月阳春，天气和暖，王来祥参加工作已经一个多月了，村里人传话说他家里分了土地，他很想回家看看属于自家的土地。可刚刚参加工作，他得尽可能利用有限的时间熟悉环境，熟悉自己的工作，提高自己的能力，左思右想后，他还是没有回去。这天，领导让他回家拿点儿换季的衣服，他终于有机会回家看看了。这是他参加工作后第一次回家。

傍晚时分，王来祥回到家，全家人特别高兴，围着他问这问那，似乎他成了个无所不知的人。他不厌其烦地回答着他们提出的各种问题，给他们讲了很多最近接触的事情。他高兴地说："领导说我是个革命工作者了。"虽然家人对革命工作者这个概念还不大理解，但都觉得他找到了一个好差使，都为他高兴，叮嘱他一定要好好干。特别是二叔，嘱咐了他好几遍："你要好好干，防止犯错误，才能对得起给你工作的政府。"

农民有了土地就有了根，不再像飘飞的沙蓬，今年在这里生存，明年就不知飘到哪里去了。有了土地，农民的根会牢牢地扎下去，他们会让这根发芽、长苗、开花、结果。

吃过晚饭，一家人又开始计划今年种哪些庄稼，屋子里充满幸福快乐的气息。这么多年来，这天晚上是全家人最开心的一个晚上，也是家里气氛最好的一个晚上。

第二天早晨，轻风伴着朝阳，天气格外温暖。王来祥把需要的衣物包了个小包袱背着，独自从二叔家走出来。走在这熟悉的原野上，王来祥心情格外的好，脚步轻快地走过杂草丛，生怕踩坏了从草茬烂叶中钻出来的嫩绿的新芽。放眼望去，目所能及的地方都被嫩芽染绿了。田地里，老乡们已经开始忙碌起来了，满洼遍野，到处是吵吵嚷嚷的声音和吆喝牲口的喊声。李祥圪堵的人们忙碌着，投入这土改后的第一个春耕，奏响了一支欢快的春耕交响曲。春忙时候的田野很迷人，平展展的新翻的土地散发着泥土特有的清香。

王来祥加快了脚步，顺着小路登上了黄河堤坝。开化了的黄河威风凛凛，带着黄色泥土的河水汹涌地向东流去。灵巧的小鸟停落在河岸的柳枝上，对着满面春光的原野，伴随着黄河的滔滔流水，亮开了它们好听的歌喉纵情高歌。春天给万物带来了活力，带来了生机，也给王来祥带来了巨大的力量。

一个闪耀着光辉的生命，不是从婴儿呱呱坠地开始，也不是从幼稚无知的孩童时期开始，而是从思想启蒙后树立起远大理想开始的。王来祥满怀激情，暗下决心，要在他认定的这条路上努力前行，不管遇到怎样的困难和坎坷，他都一定要走下去。

天空像块无瑕的蓝色缎子，上面绣着几朵白云，阳光温柔地照耀着大地。王来祥迈着结实有力的步伐，在弯弯曲曲的乡间土路上走着，路面上的小沙石在他脚下“咯吱咯吱”地响，那响声是欢乐的，与王来祥这会儿的心情一样欢乐。他怀着好心情赶路，感觉喘口气也是舒服的，没觉着累就走了一百多里路。到了旗政府，吃过晚饭，王来祥回到宿舍，拿出买来的纸和笔。今天，他要开始正式在纸上写字了。他把第一天学的“共产党”三个字，认真地写在纸上。这三个字，王来祥已经用手指在桌子上、土地上、床上写了很多遍，可是真正用笔写在纸上时，他的手还是不听使唤，总是写不好。他一遍一遍地写，一笔一画地写，不知写了多少遍，直到深夜，记熟了也写工整了，他才上床去睡觉。

来政府当了通讯员后，王来祥整个人有了精神，有使不完的劲儿。他每天早早就到办公室了，把办公室里里外外打扫干净，再把办公室里的水壶打满水。他不认识字，在做收发文件、报纸等工作时，怕弄错，总是虚心请教同事，然后仔细地用心记牢，每一份文件都能准确地送到各单位。

王来祥是个闲不住的人，什么样的脏活儿累活儿他都能干。他发现单位的公厕没有专人打扫，就利用休息时间淘粪坑，把厕所里里外外清扫得干干净净。那时的厕所不像现在，而是旱厕，粪坑满了人就无法上厕所了。

有人说：“小王，淘粪坑很脏的，单位雇人打扫就行。”

王来祥总是笑着回答：“没事儿，闲着也是闲着，衣服脏了洗洗就干净了。”

王来祥觉得活儿脏点儿累点儿无所谓，他当年给人家喂牛的时候，还在牛棚里住过呢。他从来没有想过劳动有甚不好，只要看见厨房里水瓮不满，他就会给担得满满的，给炊事员帮了很大的忙。

王来祥的勤快和实在赢得了人们的喜爱，各单位的人都亲切地叫他“小王”。他帮助别人干活，一点儿也不影响自己的工作。王来祥对自己的工作一丝不苟。他把每份要送的文件按路线整理好，为的是送文件时不绕路，不耽误时间，保证及时准确地将文件送到各单位和各个区、村。

那个年代，下乡到村子里很少有交通工具，一般都是步行，王来祥不怕累，经常抢着去送。他说年轻人应该多干点儿活儿，累点儿苦点儿才能锻炼人。遇到刮大风的天气，他也从来不耽搁文件的送达时间。有时候风刮得天昏地暗的，他顶着狂风，把文件包裹得严严实实的，紧紧抱着文件疾步快走，保证文件及时送达目的地。如果遇到下雨天，尤其是走在半路开始下雨，他怕文件被淋湿了，就把文件藏在怀里，找个地方躲雨。雨过后，大地还没吸干雨水，路面泥泞难走，脚踩下去泥浆四溅，衣服鞋子上满是泥污，这些他全然不顾。他总是说：“好不容易有了这份工作，一定要做好。”

时间长了，区里和村里的人们也亲切地叫他“小王”。他每到一个地方，人们都会热情地和他打招呼：“小王来了。”一些老乡见他没有架子，都愿意和他聊天，见到他总是问这问那的。每当这时，他都会尽可能地给大家答疑解惑。王来祥告诫自己，有了工作决不能骄傲，不能忘记自己是穷苦人出身。因此，他和老乡们建立起了一种朴实的深厚感情。

他用十二分的努力做好工作，工作之余，识字已经成了他生活中的重要内容。他给自己定了一个小计划，每天必须学会三个字，还要学会打算盘。刚开始时是很困难的，但他一直坚持着，当天学不会就不休息。他识字似乎进入了疯狂的状态，走在街上看到墙上有标语，就从标语中找自己认识的字，找到了就会高兴得像个孩子。不论是在宿舍还是在食堂，只要有时间，他不是用手指写字，就是问别人字和词的意思。功夫不负有心人，通过日积月累，不到一年的时间，王来祥已经达到了高小的文化水平，算盘也会打了。他自己能读书后，一到休息时间，就跑到书店看书，一直看到书店下班才回家。

一九五二年王来祥转为国家正式干部。因为工作需要，他被调到达拉特旗粮食局当管理员，后来成为粮食局的会计。他觉得自己成了一名国家干部，更要好好工作，来报答政府对自己的关怀。王来祥的这种心情是朴素的，也是真实的。王来祥来到新单位，除了全心全意地工作，仍然坚持读书学习。他有了一些学识，思想也更进步了，他努力去理解什么是共产主义，什么是社会主义，什么是社会主义建设者，什么是为人民服务……

王来祥积极要求进步，团小组经常让他听团课，不断提高他的思想政治觉悟。在团组织和同志们的热情帮助下，一九五二年七月，王来祥加入了中国共产主义青年团。

一九五四年五月的一天，王来祥接到去伊克昭盟干校学习的通知后很兴奋，他有更好的机会可以进一步提高自己的思想认识水平和工作能力了。

五月的夜晚空气清新，月色皎洁，天空像是刷洗过一般，蓝缎子似的。一轮圆月挂在东边的天空上，把乡村的路照得亮堂堂的。王来祥背着行李走在通往东胜的路上，他要连夜赶到干校去。鸟儿在巢里不时地抖抖翅膀，虫儿在草丛里欢快地鸣叫，田野的庄稼茁壮成长，在这无际的原野中有无法用汉字表示的生命的欢腾。

一个天高云淡的早晨，王来祥走进伊盟干校，阳光从教室的玻璃窗户射进来，洒在淡黄色的桌子上，阳光灿烂，一切都是那么让人舒心。理论上的学习给王来祥的生活注入了新的血液。王来祥懂得了应该深入地理解、认识社会。王来祥开始认真思考起自己的工作和生活。他对“工作就是革命”有了深刻的理解。他想起参加工作的第一天领导对他说的话：“小鬼，今天你就算正式参加革命工作了，好好干！”是呀，参加了革命就要成为一名真正的革命者，争取成为一名共产党员，更好地为人民服务。王来祥抱着这一坚定的信念，积极向党组织靠拢。他更加严格地要求自己。

一九五五年六月十五日，王来祥迎来了生命里最重要的一天，也是值得他一生铭记的一天。王来祥通过了党组织的考验，达拉特旗粮食局尚登云、韩起德两位同志为入党介绍人，党支部批准他成为正式党员。他听到这个消息后，激动得整夜无法入睡。从逃荒一直到参加工作的桩桩件件，在他脑海里翻腾着，要不是共产党，他和他的家人是熬不出那个充满苦难的世道的。一个揽工受苦的穷小子，现在要成为一名光荣的共产党员了，他有了一名共产党员应有的职责、担当、义务，有了一种更神圣的使命，那是共产党员的使命，是他要用一生去完成的使命。

早上起来，他怀着激动又兴奋的心情，把平时不常穿的一件中山装拿出来准备穿上。他看见衣服有点儿皱，就跑到裁缝店把衣服熨得展展儿的。这件衣服是上干校学习班时妻子张巧荣为他做的，一般有个重要会议或重要场合才穿，今天这么重要的日子，他一定得穿。他利用中午的时间理了发。下午入党宣誓在党支部办公室进行，他衣着干净整齐，神情庄重地走进党支部的办公室。

面对鲜红的党旗，王来祥的心在狂跳，血液在急速地流动。他用由于过于激动而有些颤抖的声音跟着领读誓词的人宣读了入党誓词。庄严的宣誓仪式和“为共产主义奋斗终身”的入党誓词令王来祥内心深感震撼。坚持全心全意为人民服务这一根本宗旨，时时刻刻以人民的利益为重，个人利益服从党和人民的利益，服从集体的利益，将成为他一生的追求。

一九五五年冬，全国农业合作化运动开始，农民从互助组组建成农业生产合作社。王来祥被调到达拉特旗十三区（今杭锦旗杭锦淖尔乡）为驻社干部，组建农业生产合作社。

第七章 农民乡长

/第七章/ 农民乡长

对于在农村开展的合作社运动，有的农民认识不足，有个别人并不是积极响应国家政策，而是有抵触情绪。王来祥深知一名驻社干部的责任，在这项工作的推进过程中，必须细致地做好每一户每个人的思想工作。王来祥是杭锦淖尔的驻社干部，虽然文化程度不高，但努力学习政策性文件，深刻理解政策内涵，然后耐心细致地给村民们讲解。他牢记共产党员的职责，时刻提醒自己不能忘记共产党员的职责是为人民服务。他没有一点儿架子，看上去和农民没有区别。到了村里，他和农民同吃同住，白天和农民一起劳动，晚上挨家挨户串门了解情况、解决问题，给村民们讲党的政策，给他们做思想工作。

在村里，有几户人家就是不愿意参加合作社，怕分到手的土地又没了。村里的干部们说这几家人的思想很顽固，王来祥对村干部们说："我们给群众做思想工作时得有耐心。"

他用了几个晚上的时间，挨家挨户给这几户人家做工作，给他们讲政策，讲合作社的好处。王来祥的话句句实在，说服了这几家参加了合作社，终于顺利完成了这个村组建农业合作社的工作。

这项工作刚一完成，在那个月光明亮的夜晚，王来祥走在洒满月光的小路上。他要连夜赶去旗里汇报工作。第二天汇报完工作，他又即刻返回杭锦淖尔，来回步行近二百里路。

合作社成立的第一年，杭锦淖尔的麦子丰收了，割麦季节不能耽搁，正是雨季，要赶在黄河的汛期到来前完成收割工作。王来祥深知几百人的大村，人们各有各的心思，要让这些人拧成一股绳并不是一件容易的事。开镰的前一天晚上，王来祥和村干部分头入户做动员工作，动员村里所有有劳动能力的人都来参加收割工作。

正是一年中天气最热的时候，夜晚才有一丝清新凉爽的感觉。月亮把整个村庄照得亮亮的，王来祥趁着晚上大家都在家时走家串户，准备摸摸大家的情况。王来祥熟悉村里的每一条小路，半年来他反反复复不知走了多少遍。他也熟悉村里的每户人家。他走访的村里的那些人家都把镰刀磨好了，有的村民还做了干粮准备带上出工，中午就不回家了。王来祥转了大半个村子，碰到两个村干部汇报了他们走访的情况，都说大家都信心满满的，干劲十足。

杭锦淖尔的又一个早晨到来了，王来祥天刚亮就拿着镰刀下田了。金黄的麦子一块一块的连成一片，望不到边际的麦海在晨风中掀起微微的金色波浪。农民出身的王来祥对庄稼有种特别的感情，他走进麦田，顺着麦垄往前走了走，揽起一把麦穗，沉甸甸的，肥壮壮的。王来祥笑了，笑得那么甜蜜。

在太阳上升的时候，杭锦淖尔的村民，老的、小的、青壮年的，陆陆续续来到田里。王来祥和村民们一起弯腰挥镰，投入紧张的割麦大军中。

经过几天的艰苦劳动，在黄河汛期到来时，麦子都已经收上了场，没有受到损失。村民们高兴地说："王来祥是我们的贴心人。"

村民们很信任王来祥，都很拥护他，跟他心贴心，建立起深厚的情感。因此，这一年，王来祥和其他驻社干部在杭锦淖尔的工作成绩很出色，受到了区政府的表扬。

一九五六年五月份，随着行政区的划分，达拉特旗原十三区划归杭锦旗三区，就是现在的杭锦淖尔和独贵塔拉。王来祥到独贵塔拉三区粮站工作了两年后，被调入区委会当干事。他在三区区委任干事时，在独贵塔拉大队搞驻社工作。

这一年正值我们国家的困难时期，在农村，人们把能吃的东西都吃过了。春季正是青黄不接的时候，人们到处找能吃的东西。一天中午，王来祥来到独贵塔拉大队的南大地村，村边有棵大榆树，长出了一串一串黄绿色的榆钱，几个孩子正在树上摘榆钱吃。他们相互争抢着摘，折断了许多树枝。那些树枝散乱地撒落在树下。王来祥来到树跟前，几个孩子怕被骂，忙从树上跳下来就跑，边跑边把手里攥着的榆钱塞到嘴里，生怕被抢走似的。有个孩子在慌乱中摔倒了，兜子里的榆钱撒落在地上。王来祥忙走过去扶起孩子，拍了拍孩子身上的土说："摔疼了哇？"孩子没敢说话，摇了摇头，眼泪汪汪地看着他，眼里显露着恳求的神情，想蹲下来捡地上撒落的榆钱。看着这孩子，王来祥有种说不清的情绪。他温和地对孩子说："别怕，慢慢吃，小心噎着。"边说边蹲下来仔细地捡那些薄薄的小圆片。跑开的孩子们见王来祥没有责备他们的意思，又返回来，开始捡地上散落的榆钱。

他们把榆钱捡起来，把沾上土的用嘴吹吹，然后塞进嘴里，嚼出一丝甜味才咽了。

地上的榆钱捡光了，王来祥把手里捡起的榆钱递给那个摔倒的孩子说："吃吧。"可是，那个孩子非常珍惜地把榆钱装在兜里，说："回家给妹妹吃。"一句简单朴实的话，让王来祥这个大男人心里涌动着一股热浪，差点儿控制不住自己的眼泪。作为一名公社干部，又是共产党员，他为眼前的孩子提供不了任何帮助，心里阵阵难受。他摸了摸孩子的头，沉默了，他能对孩子说什么呢。

俗话说："父栽榆树子乘凉。"也许是嫌榆树长得慢吧，这里的人们很少栽它，村里只有两三棵，遇到这年头，榆树就遭殃了。王来祥看看地上的断枝，告诉孩子们，把这些断枝栽在地里，树多了，能吃的榆钱也就多了。孩子们听了，高兴地回家拿来工具，把断枝一截一截栽上。后来，这里长起了十来棵榆树，成了一小片榆树林。

刚进入二十世纪六十年代，农民还是用传统的耕种方法种地，没有套种意识。小麦收割后，秋季短日期的作物很少，只有小红糜子和荞面能在麦茬地里种，但是它们怕碱，好多麦茬地因此闲置了。一天傍晚，王来祥到附近的独贵塔拉一队田里转悠，看到部分麦茬地不种东西，空着很可惜，就号召社员们在麦茬地种白菜和蔓菁。要知道，当时农村没有冬天储菜的条件，菜放不好会烂掉。再者，白菜怕起虫，蔓菁怕起蛆，当时也没有有效的防虫方法，所以人们一般不大面积地种菜。王来祥说，菜多了，除了腌制，还能晒干储存，可以放到第二年春天吃。于是，大家积极响应，把能种的地都种上了菜，连长着一些杂草的沙地也都在耕过后撒上了一把蔓菁籽。

谁也没有想到，这年秋天种的这些菜长得特别好，白菜没有虫，蔓菁也很少有蛆的，那些新开的沙地上种的蔓菁也有所收获。秋天种的蔬菜取得了丰收，不但给了这里的人们度过荒年的食物，也给了这里的人们度过荒年的希望和信心。村民们家家户户除了腌几大瓮白菜，地窖里储一些较大的蔓菁，还把剩余的白菜、蔓菁晒成干菜存了起来。还有更勤快的人，把地里的白菜根子也挖回家，晒干了存起来。就是这些白菜和蔓菁，让这里的人们度过了一九六二年的春天。

下乡干部和村子里的村民们同吃同住。村民们都用着土炕，睡觉铺的是毡子，有的人家连毡子也没有，就光着炕皮睡。王来祥和其他干部下乡时经常住在村民家，遇到有毡子的人家还能铺块毡子，遇到没毡子的人家也就光着炕皮睡，他们从来不嫌村民们穷。

在高家圪旦村子下乡时，王来祥就住在张满旺家里。张满旺姊妹多，父母亲都是农民，住着低矮破旧的土房子，夏天遇上连阴雨，房子就会漏雨。门有指头宽的缝，冬天时张满旺的母亲就用白麻纸把门缝、窗缝糊住挡风。他们吃的是杂粮粥，菜更是清汤寡水，可以说是村里最穷的人家。王来祥与他们一同吃稀粥、喝菜汤，一同睡土炕，如同一家人。王来祥常说自己小时候过的日子更苦，和贫苦的人在一起就不会忘本。

一九六三年全国人口普查，王来祥来到四方口子村，认识了村里的梁宝柱（杭锦旗原副旗长）。梁宝柱领着他共同进行人口普查，近一个月的时间，走遍了全大队的每一户人家，没有休息日，也不午休。

他们走到农户家里一盘腿坐在炕上，吃一锅旱烟，说话诚恳自然，农民们也就不拘束了，给他们递上一碗开水或一碗热茶。王来祥和农民一起唠嗑说笑，看不出和农民有什么区别，就像和亲戚唠嗑一样。他把党的政策和人口普查的意义耐心地讲给农民听。他以朴实和诚恳得到了大家的信赖和尊敬，普查工作进行得十分顺利。人们总是说："王来祥是地道的农民乡长。"

他穿着朴实，是有名的没架子的干部。他在独贵塔拉公社工作时，几乎走遍了全公社的农户。

一九六四年的十二月份，独贵塔拉一队的云其小应征入伍。送兵那天，村里的男女老幼都去送，有种浓浓的担忧和不舍。王来祥早早来到云其小家里接上云其小，像对待自己的亲弟弟一样，亲手将他交给接兵的人。王来祥的这一举动，不但让新兵的家人感动，也让村里的乡亲们感动。

一九六五年深秋的一天下午，公社领导让伙食管理员张满旺到离公社三十里远的沙圪堵生产队调土豆。公社没有装土豆的皮衬（装东西的袋子），张满旺到粮站借了六十条麻袋。当时公社的交通工具只有一头骡子和一辆自行车，骡子一般是任书记下乡时骑，自行车是两位乡长和干部谁下乡谁骑。张满旺借回了麻袋，太阳已经快落山了。他看看公社大院里，骡子不在，自行车也没在，找领导去要来当作运麻袋的工具又觉得不合适。眼看时候不早了，沙圪堵那边还等着用麻袋装土豆呢，没办法，不到二十岁的张满旺自己一个人背着六十条麻袋（约有一百二十斤重），向沙圪堵村出发了。

当时的生产队基本上都是牛拉的二饼车，一个生产队只有一辆胶车（三匹马拉的车轱辘像汽车轮胎的车，当时算是先进的运输车了）。张满旺背着麻袋一路走着，心想能遇到辆车就好了，那样就可以用车拉麻袋了。可是一路上他都没有碰到一辆车，连个同路的伴儿也没碰见。他一个人走了好久，走出了十五里路，正好走到乡圪旦村，他觉得累了，就坐在路边歇一会儿。这时，他听到有骡马走路时踏地的声音，高兴地站起来，以为是有人来了，结果声音从别处过去了。张满旺有些失望地背起麻袋继续赶路。

没走几步，他隐约听到有自行车轮胎与地面摩擦的声音，刚想问是谁，骑自行车的人就来到了他跟前，与此同时，他听到了王来祥的声音："你小子也不说一声，这么重的东西，背着走三十里路，还不累坏了你！"原来，王来祥开完会，听说张满旺一个人背着麻袋走了，连饭也没吃，骑着自行车就追来了。他把张满旺背着的麻袋放在自行车上，捆牢，推了推车又前后看了看，觉得没问题了才放心地让张满旺走了，他自己走着返回公社。

深秋的夜晚是宁静的，听不到青蛙和秋蝉的叫声。此时已有了凉意，但张满旺的心里暖暖的，怀着感动走在铺满暗黄色月光的土路上。他走在坑坑洼洼的路上，却忘记了颠簸难走；走在坡路上使上全身力气，却不觉得累；走过那段树影昏暗的小树林，却忘记了孤单，忘记了夜晚的昏暗，也忘记了独自行走在黑暗中的恐惧。他心里只有一个朴素的念头，快点儿到达沙圪堵把麻袋送到，不要误了明天装土豆，这样才能对得起专门给自己送来自行车的王乡长。

五十多年过去了，张满旺对这段往事记得仍然那么清晰，就像昨天发生的一样。他对王来祥充满了敬佩之情，也充满了感动。他对王来祥的女儿王金茹说："你爸一辈子就想着关心别人，给人们留下了无数的好。"

第八章

打拦河坝

/第八章/　打拦河坝

一九六〇年的春天，充满生机与希望，阵阵暖风吹的冰雪融化，被融化的冰雪浸过的泥土，迎着朝阳闪闪发亮，散发着泥土的芳香。独贵塔拉的男性青壮年多数去挖南干渠了，繁重的春耕生产落在了留守在村子里的老人、妇女甚至是孩子们身上。尽管如此，他们也不违农时。

那时只有农家肥，各类家畜的粪拌上土沤过后送到地里一堆一堆地苫上土。等耕这块地时把粪撒开，犁把粪翻到土下面，便是这一年这块地上的庄稼的肥料了。农业社的人能下地干活的都投入春耕生产中了，送粪的、耕地的、种地的，谁都不闲着。肥沃的土地里播下的麦种没有几天就生根发芽长出小苗了，成片成片的麦田绿油油的，惹人喜爱。然而，在这个生机勃勃的春天，在这个寄托着人们无限希望和期待的季节里，独贵塔拉却被干旱笼罩着。

时间进入初夏，旱情更加严重，田里的地干裂，油绿油绿的麦苗变成了灰绿色，叶子卷起，耷拉着脑袋。黄河水位一直低于解放渠的放水口，无法浇灌麦田。

农民们盼老天下雨，可是乌云来了，冷风来了，就是不见雨点儿落下。时间一天天过去，农民们的希望也像庄稼一样，在一天一天的等待中慢慢变黄。天旱缺水的土地散发着尘土和太阳光的气息，干燥的风“沙沙”地响着，吹得半死不活的麦苗东倒西歪。风停后，麦苗有气无力地挣扎着想要立起来，半尺来高的麦苗眼看就要旱死了。

独贵塔拉公社党委书记王瑛心急如焚，这是关乎全公社一万多人吃饭问题的大事。他每天都要到黄河边看看，期盼黄河能够突然涨起水来，希望看到夹杂着大量泥沙的河水从上游滚滚而来。可是，眼前的黄河水位越来越低，没有了汹涌的浪涛。

独贵塔拉干涸苍凉的原野刺激着王瑛的神经。王瑛冒出一个大胆的想法，水位降低黄河变窄了，打拦河坝截流提高黄河水位，引水浇灌也许是个办法。只是年轻的男劳力都在挖南干渠，人力短缺是最大的困难。把留在村里种庄稼的那些人调动起来打拦河坝也许可行。人心齐，泰山移，只要团结一致，大家拧成一股绳，就没有办不成的事。

不去尝试，怎么能知道成功不成功。王瑛军人出身，是个行事果断的人，有了想法就去干。他的提议得到了杭锦旗旗委的支持，于是抽调了在南干渠的几位干部回来，连夜召开了党委扩大会议，决定打个拦河坝。为了保证施工安全，杭锦旗派高乐旗长到工地坐镇指挥，王瑛亲自挂帅，王来祥也被从南干渠调回来参加这次拦河坝的修建工作。堤防所的裴震发和梁大个儿是这次工程的技术员，进行技术指导。全公社组织了一千多人，有一部分是壮劳力，多数是年轻妇女和老年人，还有十几岁的学生。各大队把青年妇女组成突击队，成为主力军。

独贵塔拉大队一小队十八岁的胡区女就是当时的突击队队员，在这次拦河工程结束后被评为旗级劳动积极分子。

这支特殊的拦河队伍，浩浩荡荡地开赴解放渠口史三河头，开始拦河打坝。每人从家里带十六斤粮食，到了工地，没有房子住，就割河柳搭建草茅庵，一个草茅庵能睡二十多个人。

由于年景不好，独贵塔拉经常有外地来的流浪汉。王瑛号召村民见了有劳动能力的流浪汉就送到工地来参加劳动。王瑛说："与其让这些人到处转悠乞讨，有些流浪汉还偷鸡摸狗，不如让他们来工地出一份力，还有口饭吃。"当时，他们收留了很多流浪汉，这些人大多是有劳动能力的，在当时收留这些人，不但能为拦河打坝出力，而且起到了维护社会治安的作用。

那时没有身份证，无法证实人的真实身份，况且正是需要人力的时候，不管是哪里来的，只要能干活就收留下了。当时有个自称叫越丑孩的男子正值壮年，流浪到独贵塔拉，被村民送到了工地。可是，他见了王瑛就躲躲闪闪的。王瑛当时是公社书记兼公安特派员，身上背着手枪。王瑛发现这人神色不对，怀疑他有问题，就委派王来祥和几名青年看紧他，说不能让他跑了，怕有安全隐患。

有一天，人们正在工地上劳动，突然来了几名公安人员和当地干部把越丑孩抓了起来。原来这个人不叫越丑孩，叫赵云保，在甘肃老家杀了人逃亡来到独贵塔拉，在工地上又被王来祥他们看住了，没能跑掉，这个杀人犯最终被甘肃来的公安带走了。

独贵塔拉大队一小队的社员马文兵、裴亮发那时是小学四年级的学生。他们班六十多个同学都到工地上来帮忙干活了。那时，同一个班的同学年龄相差好几岁，小的十二三岁，大的十六七岁。来到工地上，老师和同学们吃住在一起，干活儿也在一起。

裴亮发回忆说："刚去工地那会儿不适应环境。库布其沙漠黄漫漫的，常起风。那风特别凶猛，刮得人站都站不稳。特别是刮旋风的时候，旋风卷着黄沙冲上天，那气势感觉要把一切都卷走似的。遇上这样的天气，不用说十三四岁的孩子，就是大人们也觉得害怕。到了晚上，没有风的时候，沙漠静得让人感到窒息。深夜，茅柳林里会发出不知是什么鸟的奇怪的叫声，那声音很恐怖，我们吓得抱成一团。不过，后来适应了，也就觉得没什么可怕的了。"

黄河两岸除了库布其沙漠地段，一般都长着非常茂盛的红柳和茅柳，形成了带状河柳林。茅柳一直是自然生长，无人修剪，枝枝杈杈很多，很多主干有锹把那么粗，茅柳把弯有几米高。它们长得非常密，拥挤在一起，阳光只能从柳枝的缝隙里一束一束地斜射下来。被阳光照射的柳树枝油亮油亮的，很漂亮。每到茅柳开花的季节，雪白的柳絮像飘洒的雪花，随风飘扬，笼罩在黄河两岸柳林上空，远远望去像一片白里带绿的云雾，野兔、野鸡还有鸟类栖身在里面。最稠密的茅柳林子里，茂盛的杂草有一人多高，胆子小的人不敢进去。

那时茅柳对当地人来说非常有用。二十世纪五六十年代，当地人盖房子，用粗一点儿的茅柳一根挨着一根做椽子，再用细茅柳编成笆子盖在茅柳椽子上面，就能压栈了。房顶上的柳椽子被油灯烟熏得年长了，就成黑灰色的了，很不好看。

多少年来，独贵塔拉人用茅柳挡住过一次又一次被洪水冲开的决口，也用茅柳和红柳加高防洪坝，度过了无数次洪水猛涨的险情。二十世纪七十年代末，因治理黄河，黄河沿岸二百多公里的茅柳基本被砍光了。后来为了护坝，人们在防洪坝里和坝外栽上了红柳，现在防洪坝两侧长着成片成片茂密的红柳。红柳有“地上一米枝，地下十米根”的特点，不但固土，而且耐干旱、耐风沙。

当时史三河头有几千亩红柳和茅柳，王瑛让老点儿的人砍茅柳和红柳，让学生们往河边运。裴亮发他们班大一点儿的学生拉两根茅柳，裴亮发、马文兵、张满旺等小一点儿的只能拉动一根茅柳，他们扛不动，只能拖在地上拉着走。学生们和大人们一样，早上五点就起床吃饭，每人每顿二两米的菜粥，大多数是苦菜粥，有时也吃沙葱粥。晚上一直到天黑的看不见了才收工。草棚里没有灯，大家都是摸黑吃饭。茅柳上有很多虫子，砍倒茅柳后虫子到处爬。做饭的地方只有一盏马灯，虫子的颜色和熟菜差不多，在昏暗的灯光下根本看不清。有时吃着吃着觉得嘴里有软软的、绵绵的像肉一样的东西，那一定是把茅柳上的毛虫子吃进嘴里了。那时候在那个条件下，吃虫子是经常的事，不但民工会吃到虫子，高旗长、王瑛书记和王来祥他们也会经常吃到虫子。有人开玩笑说：“全当吃肉解馋了。”

虫子到处爬，哪儿都有。有时早上起来发现自己压死好几条虫子。虫子多了，人们也就不害怕了。外面凭借月光和星光也许还能看见，草茅庵里黑洞洞的，根本看不见虫子。人们干一天活儿太累了，晚上吃了饭，管不了草铺上有没有虫子，倒头就睡。那时也许是人们经常劳动，皮实，免疫力强，没觉得虫子咬人有毒，也没有人因此过敏。倒是蚊子咬得人难熬。特别是晚上，蚊子无孔不入，早上起来，人们的脸上、手上、脚上尽是红肿的蚊子包。说也奇怪，蚊子咬起的疙瘩旧的消失了新的又起来了，也没有人发炎。

拦河坝是从两边向中间合龙，河的那边是巴盟，人们不在那边住，也不能使劲砍那边的茅柳、割那边的柴草，只能砍一小部分。船每天把在那边干活的人送过去再接回来，还得运送柴草捆，中午大家轮流吃饭。一天到晚，船不停地来回穿梭在河东河西之间接送人、运柴草捆。当时为了修筑拦河坝，把当地的船都用上了，还有一些外地滞留在这里的大船也投入到这场拦河打坝运输中。那真是君看一群舟，出没风波里。

这样一支特殊的队伍干了二十多天。合龙的那几天，连明昼夜地干，工地上所有的人都斗志昂扬，运柴草捆的基本是跑步运送，一捆接着一捆往龙口填。运土的人也是一样，一筐接着一筐的土倒入龙口。由于过度疲劳，有的学生在运送柴草捆途中就睡着了。白天还好人们能看见，发现睡着的可以叫起来，不会被人踩到。晚上天黑看不见，就怕有睡着的人被拉车的牲口踩坏。因此，干部们在晚上都更加小心，不停地来回跑着查看。

工程到了最紧要的关头，坝上只有几盏马灯，特别是夜晚，稍有不慎就会跌入黄河。这样忙碌的劳动场面，人的安全最重要，不能有任何闪失。王来祥他们几位干部拿着用铁皮卷的大喇叭不停地喊话，指挥现场工作，嗓子都喊哑了。他们分头在工地每一个有人的地方查看，关心着每一个人的安全。工程结束了好一段时间，王瑛、王来祥那几个喊话的干部，嗓子仍然哑得说不出话来。经过几天几夜的苦战，龙口合住，拦河大坝终于建成了。

那是个太阳西斜的下午，紧张的劳动场面停了下来。在刚刚完工的现场，有的人还没放下工具，有的人圪蹴在地上抽烟。人们都松了口气，心情也平静了许多。

倔强的黄河水被拦住了，一轮金色的夕阳照在不甘被阻挡的黄河水面上。黄河水那浑浊的蹉跎岁月赋予的颜色，闪耀着黄色的光芒。

平静的场面仅仅持续了几十分钟，拦截的河水还没有流到解放渠里，一股大浪涌来，河水突然猛涨，仅仅几分钟的时间，拦河坝决口了。刚刚平静下来的人们顿时乱作一团，喊叫声和哭声混在一起，不亚于黄河的波涛声。那一行行泪水，也许是因为一个月的辛劳成果毁于一旦伤心而流，也许是因为黄河水上涨庄稼有救了喜极而泣。

高音喇叭又响了起来，高旗长、王瑛、王来祥等干部维持秩序，让人们离河远点儿。史三河头几乎被砍光的几千亩河柳地，红柳茬和茅柳茬光秃秃的，没有割完的杂草东倒西歪、斜躺顺卧，被践踏的不成样子。再看看河堤上这一千多名劳动群众，这里有老人、妇女，特别是还有稚气未脱的学生娃。这些人个个都是浑身泥土，一个月来顾不上洗脸，只顾着干活。在恶劣的环境中，在繁重的劳动面前，没有一个人退缩。高旗长落泪了，王瑛落泪了，王来祥落泪了，在场的人们都落泪了。

现在的人们说起打拦河坝，无不赞叹地说："真佩服当年与黄河战斗的人们，也佩服生存在这里的沿河人。他们有着黄河一样震撼天地的气魄，他们有着大无畏的精神。"

我是独贵塔拉长大的沿河人，我的父亲亲历过这次打拦河坝的事情，从小我就听父亲说过很多打拦河坝的事儿。父亲对当时参加过打拦河坝的干部从内心发出赞叹："好干部，和民工没有两样。"

生活在独贵塔拉的人历尽沧桑与磨难，他们心中装着烈火般的热情与执着，他们一次又一次地与黄河较量，一次又一次地从失败中站起来，他们的身上带着泥土的芳香和勇往直前的勇气。

一九六〇年初夏，打拦河坝的壮举刻在了独贵塔拉人们的心中，感动着一代又一代的独贵塔拉人。

第九章 挖南干渠

我们一行人来到杭锦旗原旗委书记刘玉祥老人的家里，老人赶忙让护工扶着来到客厅，在沙发上坐好，热情地让护工倒茶水招待客人。八十多岁的刘玉祥身体不太好，行动不大方便，但思维清晰，语言的逻辑性很强。说起王来祥，刘玉祥老书记说：“我和王来祥同志是一九五三年在达拉特旗十三区工作时认识的。王来祥出生在陕西一个贫苦的农民家庭，‘走西口’来到达拉特旗。他从小少吃缺衣、饥寒交迫、父母双亡，生活的艰苦和痛苦的经历练就了王来祥不怕困难和顽强进取的品格。对于王来祥的一些事情，我是熟悉的。”

刘玉祥正了正身子继续说：“你们还小，没经过新中国成立前的事儿。新中国成立前，这里洪涝灾害不断，住在黄河边上的农牧民流离失所甚至是家破人亡，苦不堪言啊。”

讲到这儿，老人停了停，端起水杯喝了口水，继续说：“杭锦旗有几个公社的农牧民生活在沿河地区，黄河流经杭锦旗境内全长二百四十九公里。黄河不光给沿河人民带来好处，也经常给沿河人民带来灾难。独贵塔拉和杭锦淖尔是受黄河洪涝灾害影响的重灾区，因此，当地政府组织农民治理洪涝灾害成了每年的首要任务。虽然每年都在进行黄河治理工程，但是由于浇灌的水渠不连贯，从黄河上直接开口子把水引进渠里，根本不能准确调控渠道中的水位，黄河水量大时，洪水漫过渠堤淹没农田，形成洪灾。黄河水量少时，有些渠进不了水，造成土地干旱歉收，形成旱灾。有时有的地方能浇上水，有的地方依旧没水。杭锦旗整个沿河没有系统的黄灌渠，农业生产受到很大影响，农民的生活水平也受到影响。二十世纪五十年代末，当地政府响应毛主席‘要把黄河的事情办好’等一系列治理黄河的指示，组织人民参加全国黄河沿线开展得轰轰烈烈的治理黄河运动，开始挖南干渠。”

刘玉祥老书记讲起挖南干渠，充满了坚毅而骄傲的神情。

一九五三年初，冰雪还没有完全融化，王来祥就已经参加干渠的开挖劳动了。王来祥是当地区公所的干部，在达拉特旗十三区还是个年轻后生，正是朝气蓬勃的时候，区里和村里的年轻人都上了工地，每个村都有民工组成的突击队。黄河的二十二公区地段，独贵塔拉、杭锦淖尔、达拉特旗段约有五十公里，有的地段有流沙，有的地段是红黏土，不论哪种地质，土没消通时都翻浆，非常难挖，是硬骨头。俗话说，二八月，乱穿衣。干活儿时，挖干渠的民工有的穿着棉衣、皮袄，有的穿着夹袄。他们吃住都在工地上。早晨太阳刚露头，不论是民工还是领工的干部就都已经到工地了，各个村的突击队展开了竞赛夺红旗的活动，哪个突击队胜了，红旗就插在哪个突击队的工地上。从渠底到渠坝上有二十多米高的陡坡，王来祥和民工们担着土一步一步走上坝顶，把土倒在坝顶再返回渠底。在寒冷的早上，人们还穿着厚衣服，几个往返就出汗了，得把棉衣、皮袄脱掉。等到休息时，又得赶紧穿上，不然冷得坐不住。二十二工段整整挖了一年，王来祥在工地上干了半年多。那时的干渠只是一段一段的，并不连贯，当时沿河的农田灌溉还没有一条完整的干渠。

一九五九年国家黄河治理委员及内蒙古自治区人民政府决定在巴彦淖尔盟建设一条北干渠，在伊克昭盟（现在的鄂尔多斯市）建设一条南干渠。三盛公水利枢纽和巴彦淖尔盟北干渠（后被称为二黄河）的建成，造福了伊克昭盟沿河人民。

南干渠是当时伊克昭盟沿河地区引黄输水的大动脉，可是伊克昭盟的地理环境复杂，气候恶劣，给这项工程带来了无法估计的困难。南干渠（后来被人们称为三干渠或三黄河）主要为杭锦旗、达拉特旗、准格尔旗的沿河地提供灌溉水源。从杭锦旗巴拉亥黄河大坝开始至准格尔旗薛亥图，全长五百多公里，可灌溉农田一百三十五万亩。南干渠的修建全靠人海战术，当时除了伊克昭盟各旗县的民工，还有全国近十个省市支援的民工。当时仅杭锦旗就出了民工近四千人，那时的青壮年几乎都挖过南干渠。几万人在全线分段同时开工，几百公里长的工程沿线，草搭的帐篷、草建的房子随处可见。

南干渠的修建难度之大是伊克昭盟水利建设历史上绝无仅有的。王来祥在独贵塔拉当干事时，和当时的公社社长张海、副社长秦文忠等干部一起参加了南干渠的修建工作。当时，以大队组成民兵排，公社组成民兵连，全旗为一个施工团。从三盛公大闸上游至达拉图一共一百六十八公里是沿着库布其沙漠挖，有的地方甚至得挖十几米深。在那个没有实现机械化的年代，这些工作全靠人力。王来祥担着沙土爬上十几米高的渠背，筐里的沙土漏掉一半，事倍功半，耗时耗力。一天吃饭时，王来祥和人们讨论如何防止沙漏问题出现，想出了用水浇湿沙土防漏的办法。可是，将沙土全部浇湿了太沉，背着不好走，于是他们浇湿部分沙土，把湿沙土垫在箩头底子上，上面放上干沙土，这样有效减缓了漏土，提高了工作效率。经过实践检验后，这个方法迅速在全线推广开来。

南干渠的建设正赶上国家的困难时期，人民生活非常艰苦，建设南干渠的民工生活更是艰苦。他们吃的大部分是高粱面、玉米面窝头，很少有白面，有时还吃不饱。

入夏以来，库布其沙漠周边的原野上长出各种野菜。可不要小看这些不起眼的野菜，它们在当时为解决民工的吃饭问题起到了巨大作用。为了让民工们吃饱肚子，王来祥和两位民工每天一大早起来，到离工地很远的地方挖蒲公英、苦菜、沙葱等，中午返回工地，下午挖渠。他们把挖回的野菜做成菜汤、菜粥、菜窝窝头等，给大家提供了不少吃的东西。

一天早上，他们三个人没吃饭就从工地出发了，没等太阳露头，他们来到了挖了一遍又一遍的草滩，寻找着草丛里的野菜。眼看大半晌了，几个人麻袋里的菜还不到半袋子。他们又转战了几个地方，终于找到了一片沙葱。几个人奋兴地用手一撮一撮地掐，一片沙葱不大一会儿就被他们掐得差不多了。他们看看日头不早了，赶紧往回返，中午还要用野菜做饭呢。

那天的太阳特别毒，像个火球，阳光直射在大地上，稀稀拉拉的几株沙蒿和他们三个人任凭阳光灼烤。离工地还有一段路程时，一位民工不知是饿的还是中暑了，头晕的实在走不动了。这里方圆几十里没有人家，离他们最近的就是工地。王来祥抬头看看，茫茫原野中空气像一汪清水翻腾滚涌着，目之所及，看不到一棵树、一个人。王来祥把三个人采的野菜装在一起，自己背着回工地，留下另一个人扶着这位民工慢慢走。

王来祥火急火燎地走回工地，把两麻袋菜放在做饭的工棚里，和大师傅说了一声，装了一瓶米汤转身就走。半路上，他碰到那位民工被另一位背着，艰难地走着。王来祥扶着这位民工坐下，把带来的米汤让他喝了，不一会儿，他缓过来了，脸色好看多了。歇了一会儿，他坚持要自己走，王来祥拍了拍他的肩说："还是我背你吧。"这时，西边天际升起一片乌云，天气闷热难挨，王来祥背着他，朝离他们有十来里路的工棚走去，细细的沙土上留下深深的脚印。

六月的天，娃娃的脸，说变就变。他们三个人快到工棚时，西边天际的乌云迅速压过来。他们紧走了几步，刚走进工棚，一声炸雷，大雨倾泻落下。多少年过去了，老书记说起这件事时，还是感触很深，说："群众都夸王来祥是个好干部。"

修建南干渠的民工住的地方很简陋，一到春天潮湿的厉害，遇上下雨天，更是泥泞不堪。人的智慧是无穷的，睡在土地上凉的不行，大家就想办法对其进行改造，在里面盘炕，外面盖个炉灶烧火，就成了火炕。一个工棚里能住二十来人，大家挤在一起，不说别的，挖土、担土地干一天重活出一身汗，工棚里的味道就可想而知了。特别是夏天，沿河地区的民工还能适应，梁外的民工就遭罪了，受不了蚊子的叮咬。梁外是干旱地区，很少有蚊子，而沿河的蚊子一到夏天多的无法想象。一团蚊子从你头顶飞过，就像飘过一片云，能把阳光遮住。白天闷热，晚上肚子饿，蚊子再咬上，真是难熬。大家想了各种办法驱蚊，把艾草晒干点着熏蚊子，虽然艾烟呛了点儿，但起到了一点儿驱蚊的作用，可是，艾烟一散，蚊子又来了。

南干渠工程指挥部由郭建勋、马富纲、刘雄仁、边志忠等同志和旗县主要领导组成，郭建勋为总指挥兼党组书记，杭锦旗旗委书记奇治民是总指挥部成员之一。指挥部设在杭锦旗巴拉亥公社的杨朝圪旦。三根木架外包帆布搭个帐篷，地上铺上干柴草就是郭建勋办公和睡觉的地方。一场大雨过后，整个工地泥泞不堪。在泥水里干活的人已习惯了泥泞，但柴火被雨水淋湿，做饭成了问题。领导们带头把帐篷里铺的干柴草拿出来烧火做饭。

指挥部的干部们除了指挥部的工作，也要在工地上劳动。有时为了活跃气氛、提高效率、加快进度，干部们还和民工进行劳动比赛。干部们和民工同吃同住同劳动，没有一点儿特殊，大家同甘共苦，齐心协力，奋战在一线，这种精神给了民工极大的鼓舞，激励起民工克服困难的决心和勇气，提高了劳动积极性。

“挖南干渠的时候，对民工实行军事化管理，纪律严明，行动迅速统一。”讲到这里，刘玉祥看了看我们几人说，“你们没有经历过那个年代，不知道当时民工们受了多大的罪。在寒冷的冬天工程也没停过，寒风呼呼地刮着，地冻得像石头一样硬，民工们用尽全身力气，一铁镢头下去，地皮上只是个白点点。没有炸药，民工们就想办法，先挖开一个小坑，挖到了一米多深不冻的土层后就先挖不冻的土，挖成空洞后再把上面的冻层一块一块地敲下来，然后人再把土背出去。有时在冻层下面会遇到地下水，人们没有水裤，也没有水靴，只能赤脚站在冰碴水中用铁锹把泥土从水里捞出来，再放到箩头里，连泥带水地担上爬十几米高的渠背。不论哪个级别的干部，只要在工地上，就和民工一样，站在冰碴子水里劳动。王来祥就站在冰碴子水里中捞过泥土，冰水冷彻骨髓，干一天下来，浑身都是泥土，特别是从水里走出来，衣服立刻就冻得铁一样硬，根本没法迈步。”

库布其沙漠十分荒凉，没有人烟，春天狂风肆虐，飞沙几乎连明昼夜地刮，天地昏黄，能见度不到几十米。刮风的时候不能张嘴说话，一说话沙子就往嘴里钻，吃饭时碗里也尽是沙子，饭拌着沙子吃。在这样的天气里，早上天不亮人们便到工地上干活去了，天黑得看不见了才收工。一连几天，狂风不停，为了赶进度，王来祥等干部带头大干苦干，有时白天黑夜连轴转，劳动强度之大难以想象。

在工地上，分不出哪个是干部，哪个是民工。在党员和领导干部的带领下，人们鼓足干劲，担着沉重的泥土来回穿梭，沿线几百公里几万人的劳动场面很是壮观。

一九六一年五月二十八日，南干渠全线通水，沿河几百万亩良田得到了黄河水的灌溉。

通水那天，沿线渠背上站满了民工和附近的群众，郭建勋、奇治民等领导也站在渠背上。放闸的那一刻，人们屏住呼吸，注视着干渠上游。当亲眼看见黄河水流下来后，沉静的人群爆发出震耳欲聋的欢呼声。郭建勋在回忆时感慨地说："当时不仅全线顺利通水，不到半天时间，水把宽度不够的几百米的渠也冲宽了，真是太高兴了。"

王来祥和独贵塔拉的群众站在解放渠段（南干渠的一段，叫解放渠）的渠背上，看着渠里欢快流淌的黄河水，欢呼雀跃，喊着、跳着。人们激动万分，有的人甚至流着热泪。这场景是人们经过艰苦奋斗取得成功后的欢庆场面；这眼泪是付出巨大辛劳和汗水后取得成功的喜悦的眼泪。

第十章 黄河骄子

★事迹总览
★媒体报道
★人物评述
★作品赏析

扫码获取

刘玉祥说："王来祥从一九五三年开始挖南干渠，一直到二十世纪八九十年代，几乎每年都在和黄河打交道。他和沿河人民一起抗洪防洪几十年，修渠打坝几十年。他和沿河人民称得上是黄河的骄子。"

一九六〇年打拦河坝决口后，黄河水位并没有下降，黄河水流到了解放渠里，干旱的土地得以灌溉。正是锁肚肚(将要出穗)的小麦喝饱了水，挣命地长，几天工夫就抽齐了穗。田野又绿了，农民们心中的愁云散了，心情也欢畅了，田地里又热闹了起来。那一年，小麦基本没有歉收，保证了农民基本的口粮。

人们经历了一些事情后，就会迈上一个新的高度，会有新的认识，也会有不一样的视野与胸怀。会更加坚定自己的信念，而且内心充满积极向上的正能量，即使阴天，内心也会充满阳光，不会因为环境和挫折影响了那份坚定的决心。

刘玉祥深情地说："拦河坝工程失败后，独贵塔拉的人民和干部并没有被压垮。独贵塔拉人民认识到，只有把黄河治理好，才能改变沿河人民的生活状况。他们更加坚定了治理黄河的决心，拿出打拦河坝的气魄和大无畏精神，不畏艰难，不怕困苦，更加积极地投入到南干渠的建设中。南干渠前前后后历时八年才修建完成。八年中，王来祥是一名建设者，见证了南干渠建设者们不畏艰苦、不怕劳累的品质，敢于迎难而上战胜困难的勇气和坚持不懈的精神，也深深体会到南干渠工程的建成有多么不易。”

南干渠建成了，但每年清淤洗渠的工程量很大。杭锦旗独贵塔拉的西沙拐子和东沙拐子段最叫人头疼。沙拐子段的干渠每年不是被库布其沙漠刮来的沙子填满了，就是被黄河水淘断了，要么就是黄河改道了。黄河改道，干渠也得跟着改道。每年开春，独贵塔拉就得组织民工清淤或重新开挖被淘断的干渠。黄河总是向南淘，可是靠南全是沙，根本经不起黄河水的冲刷，一年被淘断好几次，每次淘断了就得重新挖。虽然黄河对干渠进行了一次又一次的摧毁，但是没有挫败独贵塔拉人民的意志，也没有挫伤杭锦旗领导和独贵塔拉公社领导们的坚强信念。他们坚信黄河一定会为这片沃土服务的。王来祥在独贵塔拉从干事到秘书，又从副社长做到社长，这期间正是沙拐子危害最严重，给独贵塔拉和杭锦淖尔两地的农牧民带来极大危害的年头，王来祥和独贵塔拉、杭锦淖尔的人民每年不是抗洪就是抢险，不是修渠就是打坝，非常辛苦。

独贵塔拉的农民们，只要是二十世纪六十年代以前出生的，几乎都挖过或是修过南干渠，修过防洪坝。我也参加过修建防洪坝的工程。一九七五年，我在防洪坝上担了二十天土担子，亲身体验过担上一百多斤的土担子一步一步从坝底登上几十米高的坝顶是多么艰难。在坝上辛劳一天后，浑身像散了架似的，酸痛难忍。

独贵塔拉大队一小队社员裴亮发、马文兵等一批青年人十几岁就开始参加挖渠担坝工作。我的父亲是给民工们做饭的，民工们到哪里挖渠担坝，他就到哪里做饭。我常听父辈们讲起他们当年挖渠打坝的往事，听得让人入神，也让人感动。他们有着勤劳质朴的品德，没有过多的要求，劳动一天也不觉得枯燥和困乏。吃过晚饭后，父亲熬一锅砖茶，人们坐在工棚里一边喝茶，一边央求父亲讲一段故事解闷。父亲便毫不拉家地说："想听哪一段？"民工们七嘴八舌地说着故事名，《水浒传》里的、《西游记》里的、杨家将的……

父亲咳嗽两声清清嗓子，坐直了，一本正经地准备开讲。热闹的工棚里立刻安静下来，大家都神情专注地望着父亲。有时父亲故意卖个关子，说"今天没故事了"，引得大家失望地长叹一声："唉——"停一会儿，父亲又说："想听故事的上茶。"人们又哄笑成一团，靠锅边儿的人赶紧舀一碗热茶送到父亲跟前，父亲就讲开了。

淳朴的民工们在辛苦劳作一天后听父亲讲一段故事已经成了一种难得的享受，他们说："听闫老汉讲故事解乏。"不管是悲惨的、红火的、快乐的还是激动的故事，他们都听得入迷。父亲讲故事有种特别的艺术处理，讲到悲伤处，语调变得哀怨，如泣如诉；讲到喜乐处时，语调轻快欢畅；讲到诡异神秘处时，语调缓慢，故意放低声音，声情并茂，让人感到害怕……人们被吸引住了，有时听得入迷，目光也会跟随父亲时而激动、时而深沉、时而悲哀无奈。他们的情绪也会跟着父亲讲的故事情节而变化，有时哈哈大笑，有时默默不语。

王来祥在工地上时也会来到工棚听父亲讲故事。讲到一定时间，到了关键时刻，父亲会适时地用一句“要听后事如何，且听下回分解”结束了这晚的故事。人们“唉——”一声，知道时间到了，纷纷回工棚睡觉去了。

人们听父亲讲故事还闹出了许多笑话。有一位民工一边烧火一边听故事，结果把地上的鞋连同柴火一起烧了，第二天上工没鞋穿了。父亲是做饭的，不用上工地，便把鞋给那个民工穿了。后来，母亲又给父亲捎去一双鞋，才没有让父亲继续光脚走路。有的人一边听故事一边抽烟，烟头子把衣服烧着了也不知道，直烧到肉上感到疼才醒过神来，赶紧灭火，众人也帮忙灭火，这时会有一阵发自内心的欢笑声充满工棚。

心静才能听到万物的声音，心清才能看到万物的本质。这就是那个年代的人，一种情趣，一种心情。在艰苦中寻找快乐，绽放生命的美丽和存在的意义。此刻，他们把一天的劳累忘得一干二净，享受着生活的美好。

在那个年代，公社的青壮年几乎通年挖渠护坝，肩上压出了老茧，手上磨出了老茧。王来祥经常对那些参加挖渠打坝的年轻人说：“这条干渠有几万人参加过劳动，其中杭锦旗这一段是几千名民工用了几年的时间，用肩膀担出来的。虽然后期的维护、清淤、挖渠护坝工作很苦，也很累，但我们一定要做好。”

尽管王来祥和沿河的干部群众常年维护干渠、防护堤坝，可是黄河水还是经常泛滥。一九六四年一年中大坝就决口了好几次，造成独贵塔拉和杭锦淖尔部分大队遭受严重灾害。

从一九六六年开始，杭锦旗党委政府决定动员全旗力量，在西沙拐子维护干渠，筑坝堵堰。这一“战斗”打响后，王来祥立刻带领独贵塔拉的民工们奔赴工程现场。要完成这项工程难度非常大。沙拐子是黄河南淘的关键地段，早在一九六〇年就开始治理了。当时杭锦旗政府组织了大量人力、物力、财力进行治理，组织农民大量收集柴草捆成柴草垛，当时几乎把西沙拐子周边的柴草用完了。政府组织当时几乎所有能用的车辆从大青山上拉来石头，再用船运到沙拐子。垒一层草垛，垫一层土；垒一层石头，再垫一层土。经过艰苦奋战，终于把坝打住了，可第二年，又被黄河水淘断了，大家几个月辛苦奋战的成果打水漂了。这次，杭锦旗政府下决心在沙拐子维护干渠，筑坝围堰。王来祥深知这不是一朝一夕的事，必须有坚定的信念才能坚持下去。杭锦旗原旗委书记刘玉祥那时是杭锦旗旗委办公室主任，经常和旗里的领导到工地去视察工作，后来基本常年在工地上。刘玉祥说：“那时不论是干部还是群众，都在为修渠打坝辛勤劳作。”

王来祥组织起青年突击队，每年春天土消开就到沙拐子开工，秋天上冻了停工。工地上有一间土房子，四面漏风，没有炕，地上铺上柴草就是床。王来祥和几个民工住在这里，其他民工住在用草捆搭成的茅草房里。茅草房也是四面漏风。王来祥是领工的，和民工一起出工，一起收工。他们天凉时穿皮袄，天热时穿背心，在劳动间隙休息时，高唱当时人人都会唱的一首挖渠打坝歌：“担起一担箩头，拿起一张锹，推上小车上大堤，三大任务必须要完成。”当时的三大任务第一是围堰打坝；第二是修护干渠，保证干渠畅通；第三是保证农田灌溉。

这么多民工参加劳动，安全管理是很重要的，工地民工需要政治学习，发现不良行为要进行批评教育。当时对民工实行军事化管理，每天五点起来跑操，跑完操吃饭，吃完饭上工地，都是有具体的时间规定的。

独贵塔拉大队一小队社员裴亮发回忆说："卢团店紧靠库布其沙漠，每年都得清沙或是重新挖。王来祥亲自领着公社的民工们住在卢团店。他到哪个生产队就和哪个生产队的民工一起担沙。"裴亮发每年挖渠都能遇到王来祥，王来祥说南干渠是沿河唯一的黄灌渠，是沿河人民的生命渠，庄稼得浇水，人民得吃饭，南干渠决不能断流。卢团店沙多，植被稀疏，住在野外风沙很大，遇到晚上刮风，早上起床身上有筷子厚的一层沙子，得把脸上的沙子弄干净了才能睁眼张嘴，不然沙子就会跑进眼里和嘴里。在工地上，王来祥担土的箩头每次都是装得满满的，一般的后生都担不动。天气热时，他穿着半腿裤和背心，赤着脚赤着膀子担土，没有一点儿领导的架子。那时其他干部也没有领导的架子，来工地说是巡查，其实到了工地都是和民工们一起劳动、一起学习。

西沙拐子围坝堵堰工程加强了农业基本建设，改善了落后的生产条件。可是，沙拐子大坝建成了，结果黄河又改道了，水上不来，又影响了独贵塔拉、杭锦淖尔的农田浇灌。王来祥他们并没有气馁，又鼓足了干劲，带领独贵塔拉、杭锦淖尔的农民全力展开打井、重新修渠、改道打坝引水的工作，独贵塔拉和杭锦淖尔的庄稼没有受到影响，特别是杭锦淖尔还获得了丰收。第二年，黄河又回到了旧河道，沙拐子工程起到了应有的作用。

刘玉祥感叹地说：“这件事我也参加了，真佩服他们坚持不懈的努力，更佩服他们勇于战胜困难的决心。”讲到这里，他停了停，深情地说：“王来祥同志是党和人民的好干部，一生踏踏实实地苦干实干，勤勤恳恳、兢兢业业，为党、为人民无私奉献，把人民利益看得比自己的生命还重。”

刘玉祥沉思了片刻，又讲起了二十世纪六十年代黄河水泛滥的故事……

第十一章

洪水泛滥

/第十一章/　洪水泛滥

一九六四年对于独贵塔拉和杭锦淖尔的人民来说，是不平凡的一年。春天，库布其沙漠脚下的原野上，树木、杂草、红柳已泛出灰绿色，在火红的朝霞的照耀下闪着红光。高高低低驼峰似的沙丘通向天际，细细的一道道波纹隐隐泛着青铜色。

这天是个难得的好天气，不刮黄风的独贵塔拉的天空有种特别的蓝色，像水洗过一般，雪白的云朵静静地飘浮在空中。正是开河时刻，王来祥站在防洪坝上，向堤外的田野望去。农民们正在地里忙碌着，耕地的、送粪的、打坷垃的……（打坷垃是把地里的土块打碎，沿河地区的土质有黏性，当地人叫红泥，地干时耕过的地里会有土块，耙不碎，只能一块一块地打碎）田野里到处是忙碌的人群。王来祥想：但愿能顺利开河，不要影响了生产。住在黄河边上的人们都知道，每年开河河水会涨，如果筑起冰坝就会危及附近村子人民的生命财产安全。面对这个情况，村民是无能为力的，非得用飞机炸开才能排减险情。每到开河时节，人们总是提心吊胆，直到河开通了才能安下心来。

王来祥沿着防洪坝向贡格儿段走去。这段黄河经常会出现险情，特别是开河时，最容易出现冰坝。贡格儿段已经有几百人白明黑夜地在这里防洪了。王来祥来到贡格儿段的防洪坝上，人们都在来回走动，查看着河面的情况，并且做好了应急准备。这时，远处传来隐隐的冰块裂开的声音，这种声音就像从地里发出来的，似沉闷的雷声。在堤坝上防洪的民工们激动地喊："快看，动了，冰动了！"正在干活的人们停了下来，观看这壮观的景象。不一会儿眼前泛白的冰面就像巨大的玻璃在逐渐碎裂。禁锢了一冬的黄河水从冰缝里冒了出来，在阳光下欢快地闪着金波，推拥着漂浮的冰块向前奔流。沉睡了一冬的黄河苏醒了，宽阔的水面上漂浮着巨大的冰块，挤挤挨挨，浩浩荡荡，有的冰块随着旋涡打着转转，奔流而下。黄河这种无畏的气魄给人震撼，就是每年看惯开河的人，这一刻的心情也是无比激动的。

到了下午，河里的冰块还在漂着，明显没有上午那么稠密了，但还是能听到冰块相互撞击发出的巨大响声。突然，前面的冰块漂得稍慢了一点儿，后面的冰块撞上去便斜翘起来，一块赶一块地压了上来，瞬间就形成了一截冰坝。

王来祥的心一下子提到了嗓子眼，坝上防洪的人们紧张地喊了起来："堆冰了！堆冰了！"

开河最怕堆冰，容易形成冰坝，阻挡河水畅流。听老人们讲，一九五一年开河时，在黄河的河套段有几处冰块堆积，上游的大量冰块插结形成一座冰坝。河有多宽，冰坝就有多长，水面外就有两三米高。冰坝把黄河拦腰截断，河水迅速上涨，造成黄河堤有几十处漫溢和决口。沿河两岸人民群众的生命财产受到了严重危害。最后政府调用了飞机和大炮炸开了冰坝，才解除了危机。

眼前形成的堆冰只有一处，上游涌来的冰花、冰块不断下潜，往堆冰下面插去，靠冰坝处的河水开始上涨。王来祥立即给干部们布置任务，组织生产队的部分干部立即通知附近村民做好转移的准备。留在现场的干部把乱哄哄的民工组织好，担土、背土袋，开始往高加坝，能坚持多久就坚持多久，尽最大的努力保住堤坝。

到了傍晚，还没有形成拦河冰坝，半个河面还是畅通的。上游漂来的冰块越来越少，人们知道上游的河通了。只要再没有大量的冰块漂来，这段堆冰应该就不会再出现更大的危险了。

夜晚天气变冷了，阴沉低闷的铅灰色的天空，像一口大锅扣在大地上。天空中没有星星，灰蒙蒙的月亮边上带着风圈，长长的大堤上，防洪的人们在紧张忙碌着。后半夜天更冷了，人们冻得瑟瑟发抖。河面上稀稀拉拉的冰块顺着河水漂向下游，很少有冰块潜入冰坝下方，河水上涨的速度也慢了下来。王来祥和干部们整整一夜没有合眼，哪里情况紧急就在哪里参加劳动，眼睛盯着河面上冰坝的动静，一刻也不敢离开堤坝。

天空渐渐由灰蒙蒙的变成了灰黄色。天亮了，升起来的太阳笼罩在这灰黄色中，没有了刺眼的光。刮黄风的天气，风大，水面上的浪也大，这种天气容易出现险情。防洪的人们轮流吃完早饭，又赶紧回到工作岗位，一刻也不敢放松，继续加固堤坝。王来祥一天一夜没合眼，坚持和大家一起搬运沙袋。突然，冰坝在水流较为湍急的地方开始有所松动，凭着浪涛的冲力，不一会儿，冰坝崩裂，冰块散乱地追着浪涛远去，河水流速平稳了。人们紧绷的神经随之放松了，一天一夜没休息的人们长长舒了口气。大堤外的荒野滩里，一群牛吃着还没有泛绿的枯草，一头小牛依偎在妈妈身边，另一头小牛正在撒欢儿。旁边还有一群悠闲自得的马儿。

刚刚松了口气的王来祥还没来得及休息一会儿，又接到通知，说独贵塔拉公社的沙圪堵村子被洪水淹了。生活在沿河地区的农牧民深知洪水的无情，险情就是命令，不分大队，也不分生产队，领导可以在全公社调动所有劳动力抢险救援。王来祥抽调了三百人，远处的民工用车拉着工具往受灾的村子赶，近处的人几乎是跑着到达沙圪堵抢险。几百人拥到决口处，推车运土的、肩担土的、背沙袋的……几百人经过三天两夜的奋战，终于堵住了决口。人们紧绷的神经一下子放松了，困乏感瞬间袭来，经过几天几夜不间断劳动的人们不顾浑身泥土，倒在坝上就睡着了。

黄河全线开通后，结束了开河防汛工作的人们回到各自的生产队，投入春耕生产之中。清明过后，成片的红柳抽出嫩条，染绿了红柳林。南梁上的沙蒿绿了。补拉滩的泉水欢快地流入寸草滩，寸草滩也绿了。补拉滩的牲口在温暖的春天里自由自在地吃草。小鸟在柳枝上唱着动听的歌曲。在这美丽的春景里，独贵塔拉和杭锦淖尔各个生产队的小麦顺利完成播种工作。社员们满脸春光，有的开始修渠垅堰，有的担土、拉粪、耕地、打坷垃，开始了其他农作物的播种工作。

时间进入农历四月底，黄河水突然猛涨。独贵塔拉南大地出现险情，王来祥接到旗里的通知，立刻组织了一批农民进行抢险。一波未平一波又起，正在南大地紧张抢险的过程中，芒哈图段又出现了险情，旗里又紧急调王来祥率领农民到芒哈图段抢险。

这天早上，在南大地抢险的农民已经连续干了几天几夜，实在是太累了，大家都回去吃饭，只留下一个人看坝。这个人因劳累过度，在坝上睡着了。石连河东的胡麻壕突然决口，洪水凶猛地冲出大坝，向村子冲去。睡觉的农民被巨大的响声惊醒，知道情况不好了，大声地喊："大坝决口了，快来人！"当人们跑来时，决口处已有一丈多宽，凶猛的洪水像一头发怒的狮子冲出决口，奔向村庄田野。此时，决口已经无法堵住了。杭锦淖尔、乌兰木独、永兴、芒哈图等五个大队受灾了。

王来祥带领大家开始救灾。大家分头行动，部分干部组织没进水的村子里的村民打护村坝，大部分干部和从其他地方调来的社员把牛车、毛驴车、胶车都用上了，帮助受灾的村子转移老人、孩子，把能带的物品都带上，到小南河南边的沙梁上临时避险。当时旗委书记奇治民和办公室主任刘玉祥正在下乡，得知灾情后当天就赶到现场，当时，该转移的群众都已经转移出去了。奇治民和刘玉祥他们立刻投入到打护村坝保护没进水村子的劳动中。

洪水肆无忌惮地咆哮着，继续从决口处奔涌而出，无情地涌向地势较低的地方，村子里、田野上已是面目全非，只见汪洋不见禾苗。人们奋力地加高加厚护村坝，与洪水较量着。

第三天，洪水退了，王来祥等干部和社员们苦苦奋战了两天两夜，保住了一部分村子，这些村子里的村民的财产没有受到损失。

黄河用它的乳汁哺育生命，它执着地奉献，沉淀出沿河人高尚的精神，不问待遇、不计报酬，哪里需要就到哪里去。险情过后，王来祥召集了几百名农民打决口，胶车拉、人工推、肩膀挑，几天几夜连轴转，终于堵住了决口，加固了堤坝。王来祥又召集被水淹了的大队的干部开会，鼓励村干部发动群众进行生产自救，发挥农业社的集体精神，能抢救的庄稼赶紧抢救。洪水把田里的渠漫平了，把堰子推倒了，大家就重新开渠拢堰子，重新耕地，把损失降到最少。在村干部和公社干部的带动下，农民们在翻过的深棕色的土地里抢种了一茬晚庄稼。

当年，被洪水淹了的五个大队的庄稼长势不错，全公社丰收在望。眼看快到收割季节了，黄河又开始涨水了。这次险情来势凶猛，伊克昭盟几百公里的黄河堤都有不同程度的险情。时任杭锦旗旗委书记奇治民亲自带领广大干部来到防洪一线，参加防洪抢险工作。两百多公路的防洪线，哪里有险情，奇治民就奔赴哪里。不论走到哪里，他都是第一时间了解险情，实地查看并投入劳动中，在劳动中指挥防洪工作。

王来祥奉命带领民工死守杭锦淖尔芒哈图险段，旗里下了死命令，一定要守住防洪堤，保证农民把庄稼抢收上场。黄河水持续高位，迟迟不退，防洪的部队官兵、干部群众都住在堤上。王来祥与大家一起担土、推车、上土。

他们这代人经历过战乱，深知和平发展的来之不易，深深热爱自己的家园，听党的话跟党走是他们心中坚定的信念。为了保护自己的家园，他们不怕任何困难，吃得了任何苦。

独贵塔拉大队一小队的社员马文兵说："这次防洪，我和队里好多青壮年都参加了。"我的父亲也参加了这次防洪，一个多月没有回家，一直吃住在坝上。刮风下雨的时候，防洪堤是很危险的，人们没有雨衣，就冒着雨干活儿。穿上鞋不好走路，人们就干脆脱了鞋，赤脚在泥水里担土。没有人喊苦喊累，大家都是一门心思想保住大坝，保住大坝就保住了一年的收成。

这年的秋是个丰收的秋，糜子、谷子沉甸甸地弯着腰。地里大片的高粱摇曳着丰满的穗头，好似波动的红浪。玉米棒子咧开了嘴笑着，露出金黄色的玉米粒。而那些衰黄的叶片给田野染上了苍劲的颜色。大片大片的白菜、蔓菁绿茵茵的，长势非常好。田野里一派丰收的景象。

已到农历八月，庄户人盼的就是庄稼收成好，农民们的积极性很高。站在防洪坝上放眼望去，庄稼地里非常热闹，除了防洪的人，其他人都怀着喜悦的心情开始收秋了。能下地干活儿的人都到地里干活去了，糜子割一块往场面拉一块，牛车、毛驴车、胶车都忙于往场面拉个子（拉个子，方言，就是把糜子和别的作物捆成捆拉回场面）。小孩儿们也跑到拉过个子的糜子地里捡散落的糜穗子，乐滋滋地把捡到的糜穗子抱回家，和自留地收割回的糜子放在一起用连枷打。糜子收上场就开始碾场了，把糜子铺开，有的用骡马拉的碌碡碾压，有的用牛踩。大家急等新米下锅，打下的第一场糜子会麻利地分给大家。大家分到了新糜子，赶紧晒干推成米。坝上的民工有米吃了，村里的人也有米吃了。大家竭尽全力和黄河竞赛，抢收庄稼。糜子割倒后开始收割玉米等作物。土豆放在最后收，大部分生产队的土豆还没刨。有的生产队场面里堆着的玉米棒子黄灿灿的像金山，成垛的高粱穗红艳艳的惹人喜爱。

黄河水位开始下降，一个多月的防洪工作就要结束了，辛劳了一年的庄户人沉浸在收获的喜悦中。然而，谁也没料到，一场毁灭性的灾难悄然而至。

第十二章

美丽的贡格儿村消失了

/第十二章/ 美丽的贡格儿村消失了

一九六四年八月十五这天下午，一缕清风轻轻拂过田野，拂过黄河畔的村落。鸟儿“叽叽喳喳”地在树上跳来跳去，一群麻雀落在收割过的糜子地里，啄吃撒在地里的糜颗子。天很高很蓝，大雁从无云的天空中飞过，排着队飞向南方。

黄河之滨的贡格儿村，不但美丽，而且富饶。贡格儿村坐落在防洪坝外一个黄河拐弯的地方，这里住着百十来户人家，有四百多口人。这里有两个自然村落组成的两个生产队，拥有大片的河头地，河头地碱地少，土地比较肥沃。这里的农民凭借着勤劳的双手，日子过得还算可以。每年除了交公粮，能分足标准口粮数，土豆等蔬菜也很充足。能够分足标准口粮的生产队在全公社也是为数不多的。贡格儿村的人能吃饱肚子，也有柴火烧。这里靠着黄河，黄河里经常漂来一团一棒的芦根。近水楼台先得月，这里的人们把芦根捞上来晒干了，就是很好的燃料。除了芦根，这里草木茂盛，遍地都是柴草。每家每户的柴火圐圙里都堆着满满的芦根和柴草。春天是个刮黄风的季节，但黄风刮到这个村子时风力就减弱了，因为村子的周围长满了红柳等植物，而且，沿着河滩除了耕地就是河柳，这些植被都可以在一定程度上减小风力。

村子的东南是石连河头，这里长着茂盛的芦草，牲口不用赶到南补拉去放。阴历七月份是打草最好的时候，人们拿着镐镰来这里割草，储存牲口冬天的口粮。到了秋天，这里的芦苇一望无际，芦苇叶渐白，芦苇穗蓬蓬的。有的芦苇秆有几米高，素洁齐整；有的芦苇秆只有数尺高。细细的芦草铺在水洼里、滩地里，攒着劲儿要飞向蓝天。风起后，波浪起伏，芦花蓬松得像棉絮一样，铺天盖地，似飞雪飘飘洒洒，美得让人陶醉。冬天，贡格儿的大牲口们就到芦苇深处自由自在地吃枯芦草。晚上也不回圈，它们就卧在芦苇林里。石连河头还长着挖不完的苦菜、蒲公英、灰菜、秃涩儿……附近的村民经常到这里挖野菜，把苦菜和蒲公英挑好的村民自己吃，剩下的喂猪。

这是块养育农家人的好地方。我十来岁时就和母亲去石连河头挖野菜，一九七八年离开独贵塔拉后就再没有去过了。

民工们已经在坝上艰苦奋战抗洪抢险长达一个多月，也该让他们回家吃顿饭了。太阳快落山时，生产队队长秦满贵见黄河水流平稳，估摸着没有什么险情了，就让大家回家过八月十五，吃顿团圆饭，睡个舒展觉。

古老的茅庵房子在夕阳的照映下闪着土黄色的光，那些到处寻食的鸡不时地抖抖翅膀，欢快地啄着食物。地里还没有收的蔬菜绿油油的，点缀着五彩缤纷的秋。

太阳落山了，村子里到处觅食的鸡开始回到各自的窝里。田里劳动的人们收工回家了，坝上防洪的村民也回来了。一缕缕炊烟升起，村子顿时热闹起来。每家每户开始烙月饼，村子里飘着月饼浓郁的香味。孩子们抱着西瓜乐滋滋地准备供月亮。月亮升起来，人们把小桌子放在大院当中，摆上月饼、西瓜，献月爷爷。各家各户说着、笑着，谈论着一年的收成，空气里满是农家人过中秋的欢乐气氛。

深夜，秦满贵独自一人到坝上走了个来回，见河水没有变化，还在平稳地流淌，便也回家睡觉去了。后半夜，人们进入了梦乡，鸟儿睡了，秋蝉不叫了，除了正在夜游的流水，只剩下一片幽蓝的天空。就在这寂静的深夜，危险正在一步步向这个美丽富饶的村落走来。

秦满贵一觉醒来天刚蒙蒙亮，心里总觉得不踏实，就向门外走去。“啊！”秦满贵被眼前的情景吓住了，他惊呆了。庄稼地里明晃晃的一片，不见了绿油油的菜地，不见了没有刨的土豆地，割倒的玉米、高粱、豆类被洪水卷着冲到防洪坝后，转着圈儿漫无目的地漂浮在水中。秦满贵傻眼了，急忙扯开嗓子喊：“快起来啊，村子里进水了！”人们听到喊声起来一看，发现大事不好，不知什么时候洪水已经涌进了村子。人们着急忙慌地往外搬东西。

谁也没想到退下去的黄河水会从排干渠口涌出来，直奔贡格儿村。村里有一道护村坝，大家以为它能挡住洪水，就把东西搬到护村坝上后又折回去搬其他东西。谁知护村坝任洪水流入村子，丝毫没有起到阻挡的作用。搬到护村坝上的东西随着坝的消失也落入水中。这时，村子里乱作一团，秦满贵不顾家里病中的妻子和年幼的孩子，催人们赶紧到防洪大坝上避险。有的人只抱着一床被子，有的人背着半袋粮食，有的人背着老人，有的人来不及拿任何东西……大家都拼命跑向大坝，上了大坝后转身再看，村子已经是一片汪洋。人们哭喊成一片，惊魂未定的人们开始四处寻找家人。此时，洪水冲出贡格儿村，向马福义村奔去。

农历八月十六日黎明，贡格儿村的人们迎来的是具有毁灭性的洪灾。在全村人的哭喊声中，秦满贵开始清点人数，好在一个人也没少，都跑出来了。在他招呼全村人上大坝时，他十三岁的大儿子套了一辆牛车，把母亲和奶奶扶到车上，又把三个弟妹扶到车上。村子已进水了，来不及搬别的东西，只抱了几床被子，便慌忙赶车离开了村子。秦满贵在大坝上没找到家人，跑到解放渠背上才看到儿子赶的牛车。秦满贵把家人送过解放渠，让他们到独贵塔拉村子里找个地方等着，之后又跑回了大坝，指挥村里人转移。

跑到坝上的人们抱在一起痛哭，老人们哭他们一辈子辛劳耕耘的家园一瞬间被黄河吞没了。女人们因为没抢出来家里的东西而痛哭。孩子们没有见过这样生与死搏击的场面，被吓得哇哇大哭。

坝上的人们除了哭喊，只能眼睁睁地看着洪水任意践踏自己的村子，一幢幢房屋倒塌了，各种生活用品、家具、农具随着洪水流入黄河。人们只能眼睁睁地看着这一切，毫无办法。

这场突如其来的洪水毁灭了这个美丽的村庄。

王来祥在这次防洪中，除了死守芒哈图段，还是独贵塔拉段防洪一线的指挥员。他将责任与担当牢牢地扛在肩上。一个多月来，他一直没有离开过防洪坝。此时，他正在芒哈图段带领群众奋战在抗洪抢险第一线。得知贡格儿村被洪水淹了，王来祥立刻率领一部分民工和部队的官兵跑步来到现场。这时，公社书记仁钦和其他干部也赶来了。整个贡格儿村连同石连河头都是一片汪洋，抢救财物是不可能的了。公社书记仁钦派了一批干部到马福义村组织抢险，王来祥和一部分干部负责疏散和安置受灾群众。

洪水不断涌来，水位持续上涨，考验着石连河头防洪坝的承受力。王来祥紧急调用木桩、沙袋、柴草捆……决不能让石连河头防洪坝决口，这里一旦决口，洪水会向南奔流而去，又会危及春天刚刚受过灾的杭锦淖尔几个大队几千人的生命财产安全，那样造成的损失将是无法估量的。

太阳升起一竿多高，坝上的哭喊声稍微平息了一些。但受灾的人们怎么也不肯离开，干部们只能尽力动员大家离开大坝。就在这时，有人报告在石连河头有一处大坝出现了渗水现象。王来祥听后拔腿就跑。他刚跑到发生险情的地方，就在大坝撕开口的一瞬间，不顾个人安危，纵身一跃跳入水中。王来祥这纵身一跃，跃出了一名共产党员面对危险时的责任感和使命感；跃出了老百姓对共产党员的信任和敬佩……在场的部队官兵在王来祥之后，紧接着跳入水中。没有人动员，也没有人下命令，在场的民工们被王来祥和官兵们的举动所感动，也“扑通……扑通……”地纷纷跳入水中。他们胳膊挽着胳膊，顶着汹涌的洪水，拉起一道人墙。大坝两边的民工迅速打桩，用柴草捆、沙袋等填补决口。

坝上受灾的群众以及现场所有人再一次泪流满面，为了保住人民群众的生命财产安全，这些人不顾个人安危，纵身一跃，毅然决然地跳入水中，用自己的身体构建起一道屏障。受灾的贡格儿村人被感动了，一些年轻力壮的村民自觉地加入填堵决口的队伍中。其余的人也不再固执地留在坝上了，自觉地组织起来，默默地离开大坝。他们知道，自己留在坝上毫无意义，听从领导的安排就是对抗洪救灾的最大帮助。

夜深了，圆圆的月亮高高地挂在天上，幽蓝的天空中挂满了闪闪发亮的星星。天空中没有一丝云彩，好像专门为这些与洪水搏斗的勇士们照明。王来祥站在水里，顾不上喝水，顾不上吃饭。有人劝他上去吃点儿东西再来，他摇摇头，坚决地说："挡不住决口，我决不离开。"水里的军人、民工同王来祥并肩作战，同样没有一个人离开。他们在水中咬牙坚持了十几个小时。军民齐心协力，整整苦战了十几个小时，终于在当天半夜将决口堵住，成功保住了杭锦淖尔几千人的家园。

洪水过后，这些受灾的人就在独贵塔拉大队一队、五队、六队的村民家暂住。后来，公社把他们分别安排在独贵塔拉大队的几个生产队落户，长期居住。当时，有些人不愿离开贡格儿村，留下的近二十户人家重新组成了一个小队。

独贵塔拉一队社员裴永茂回忆说："五十多年过去了，那次洪灾，我永远不会忘记。"当年他十四岁，那天人们都在说洪水退了，可以放心地过八月十五了，可是谁也不会想到，第二天早上村子就被水淹了。他清楚地记得，队长秦满贵在那场洪灾中跑着挨家挨户地叫人，把乡亲们全叫起来，催促他们跑上大坝。秦满贵是最后跑上大坝的，然后赶紧查看村里的人是否都跑上来了，他自家的东西一点儿也没拿出来。“他真不愧是一名共产党员！”裴永茂赞叹说。当年公社也很穷，给受灾群众每户发了一袋白面。洪水完全退出贡格儿已是快上冻的时候了。因为村子里的树木还在，每户人家的大概方位还能找到，他们就回去从淤泥里挖吃的。有的人找到窖，挖出来的糜子、麦子都发霉了。那时人们没有粮仓，在干燥的地方挖一个直桶窖，把糜秆或麦秆铺在底子上和周围壁上，把粮食倒进去，上面铺上一层糜秆子，再在上面盖上土，便是储藏粮食的窖了。

裴亮发回忆说，当时他背着爷爷上了大坝，再想回去搬东西时已经来不及了，村子已是一片汪洋。他家刚推了新米放在一个泥捏的瓮里，大概有两斗，没有被水冲走，后来他们回去挖出来时米已经发霉了，煮出的饭一股臭味。

现在，许多老乡说起当年那次抗洪打坝，对王来祥和一同跳水堵决口的民工、军人们依然是赞不绝口。

独贵塔拉一队社员马文兵说：“当时防洪时间很长，已经有一个多月了，坝上是几步一个人，一直排到芒哈图。”石连河头大坝发生险情时他不在场，但他听父亲和参加抗洪打坝的人讲，当时王来祥和军人，还有许多民工跳入水中，用身体做人墙挡洪水。坝上的人奋战了十几个小时才打住决口。人们都非常感动。当时，如果没有人墙挡水，没有解放军的援助，那么毁灭的就不止一个贡格儿村了。他们在关键时刻带头冲在前面，这样的精神令人感动。

王来祥用身体挡水是出了名的，有好多次打渠口子，他都是带头跳进水中用身体挡住柴草捆打渠口。很多人都说他不像乡长，倒像是农民，比农民都能吃苦。

后来，黄河一次次向南淘，贡格儿的河头地越来越少，大片的红柳、芨芨草被淘到河里。一次又一次的防洪把能砍的树木、柴草几乎砍光了，可是黄河还不罢休，似乎要把这块沃土吞掉才甘心。一九六七年，黄河水再一次淹没了贡格儿村，当时仅有的二十来户村民又一次感受到了洪水的无情，被迫无奈，彻底离开了这里，搬出去新建家园。从此，这个美丽的村庄永远地消失了，留下的只有地名和人们无尽的回忆。

第十三章 为民办学

/第十三章/ 为民办学

一九七一年深秋，夜晚已有凉意，正是放水浇秋地的时间。在一个月夜，王来祥在白音补拉开完三干会的现场会，太阳已经落山了，他没有直接回公社，而是顺着三支渠查看沿路的浇地情况。三支渠的水满满的，沿路的庄稼都已收割，成片的耕地里明晃晃的。王来祥看着这些，心情很好，碰到在三支渠防洪的社员就唠几句，了解一下生产队的浇地情况。听到工作做得都不错，王来祥放心地往前走去。冷不防，他听到前面不远处有低沉的哭泣声。王来祥朝着哭声走去，在三支渠渠口处发现了一个小青年，大约十六七岁。这孩子坐在渠背上，双手抱着头，头杵在膝盖上，正在哭泣。王来祥走到跟前了他都一点儿没发觉，只是自顾自地哭着。深更半夜的，王来祥怕吓着他，默默地往后退了几步后，故意咳了一声。这孩子听到有人咳嗽，猛地抬起头，并把身旁的铁锹握在手里，有些恍惚地四处张望。他在明亮的月光下看清来人时便站起来，有些不好意思地用手背擦了擦脸上的泪水，说："王乡长，你怎么来了？"王来祥笑了笑说："怎么了，小伙子？一个人看渠口害怕了？”

他摇了摇头。

“那是饿了？”

他还是摇头。

王来祥拍着孩子的肩膀示意他坐下，然后自己与他并排坐在渠背上，问：“有伤心事？能说给我说说吗？”

孩子看着王来祥诚恳的表情，点点头，毫不掩饰地讲出了自己的小秘密。

他是春天从独贵塔拉小学毕业的初中生，因家庭生活困难，没办法去吉日嘎朗图二中念高中。他很想念高中，就向同学借了高中的书看，可是化学、物理实在是看不懂，村里又没有可以请教的人。今天轮他防洪看渠口，整整一天，他连一道题也没解出来。他觉得自己太笨了，不是读书的料，一气之下把书扔进了渠里，等后悔了想把书捞起来时，书早已被水冲走了。他气自己没用，就偷偷地坐在这里哭，想释放一下心中的烦闷与苦恼，结果被王来祥碰到了。

讲完后，孩子羞涩地说：“王乡长，请替我保密啊，不然我会被人笑话的。”

王来祥默默地听完这孩子的讲述，点了点头，郑重地说：“放心，我一定替你保密。”他又安慰他说：“书没了我再给你借一套，别伤心了。”

这孩子的事让王来祥心里沉甸甸的。他之前也思考过如何解决这些孩子的上学问题。王来祥没有进学校读过书，小时候，他非常羡慕可以上学的孩子。后来参加了工作，他通过自学认识了一些字。他觉得自己文化知识的不足，为工作带来很大的局限性。王来祥常想，现在的孩子赶上了好时候，也就是人们常说的“生在新社会，长在红旗下”。国家办学校让他们有书可以读，王来祥打心眼儿里感到高兴，希望孩子们都能够到学校里学习，不仅为了自己，也为了国家。他希望孩子们都能够掌握一定的文化知识，能够自立自强，做对社会有用的人。这里的几所小学都办起了戴帽子初中，当地的小学生都能就地升入初中。

那时的杭锦旗只有两所高中，一所在旗政府所在地锡尼镇，另一所在沿河的吉日嘎朗图公社，整个沿河地区的初中生都得到吉日嘎朗图的那所学校上高中。独贵塔拉离吉日嘎朗图有一百多里路，受各方面的条件限制，这里很多初中毕业的学生都上不了高中。那时是春季招生，一九七二年元旦一过，学校里的初中生就要毕业了。

当时，独贵塔拉公社和杭锦淖尔公社几所学校的初中学生毕业后，有一半都上不了高中。看着这些十几岁的孩子和高中失之交臂，王来祥很着急。一名共产党员，一名地方干部，就得为这个地方的人们着想，得为这些孩子们办点儿实事。王来祥认真琢磨着如何解决这个问题。

这件事困扰着王来祥，一段时间来，他吃不好、睡不好。正在王来祥一筹莫展时，独贵塔拉小学的一位老师告诉王来祥，有几位资深教师从伊克昭盟来这里进行改造。这让他冒出了一个大胆的想法——在独贵塔拉小学办一个戴帽子高中班。这样不就可以解决了这些孩子上高中的问题了吗？

在一所小学办戴帽子高中班不是一件容易的事，最困难的是师资，没有可以教高中课程的老师。这几位资深教师应该可以解决师资的问题。王来祥跟单位的人商量后，找到当时的杭锦旗教育局局长李明昌，把自己的想法和盘托出。

几天后，传来了在独贵塔拉小学成立戴帽子高中班这个振奋人心的好消息。听到这个消息，独贵塔拉和杭锦淖尔这批即将初中毕业的孩子高兴得不得了，满是欢畅和喜悦。当地的老百姓纷纷竖起大拇指。尤其是这些学生的家长，更是感激地说："王来祥是位有担当的好领导。"于是，在独贵塔拉这个偏僻的小乡村里，有了一个由七十四人组成的超级大班——高中班。这个班为杭锦淖尔和独贵塔拉的七十四名青年提供了上高中的机会。那位因为扔书后悔而哭泣的青年也上了高中。

人的一生可以遇到这样的好机会是幸运的。这个班是特定历史条件下的产物。这七十四人是独贵塔拉小学仅有的一届高中毕业生。一九七四年元月，这个班的学生顺利毕业，走出了这所令他们终生难忘的学校。这批青年后来大多有了不错的发展。不论在哪个岗位，他们都坚守着从小就有的信仰，他们珍惜来之不易的机会，实实在在为社会做着自己的贡献。

第十四章 老来回来了

/第十四章/ 老来回来了

一九七三年四月，组织上调王来祥任杭锦淖尔公社党委书记。消息一传开，杭锦淖尔的乡亲们高兴得奔走相告：“老来回来了！”

在王来祥还是个小伙子的时候，在杭锦淖尔当过驻社干部。那时候，他经常和群众谈心，以他在旧社会遭受的苦难为例，给群众做思想工作。他和老乡们同吃同住同劳动，他的朴实赢得了乡亲们的信任。他和这里的乡亲们结下了深厚的情谊。乡亲们对王来祥说，这里就是他的家，随时欢迎他回来。这次，重返杭锦淖尔公社工作，王来祥已是中年人了。

四月初，正是沿河地区种植小麦的时节，田野里已经热闹起来了，送粪的、耕地的、平整土地的、播种小麦的，到处都是挥汗如雨的人。在一片繁忙的春耕气氛中，王来祥独自从独贵塔拉动身，没有惊动任何人，骑着自行车来到乌兰木独大队。这天，王来祥要去杭锦淖尔公社报到，想顺路看看田地里的情况。远处的田野里，有两个人边走边在本子上画着什么。王来祥把自行车停在路边，向那两个人走去。这两个人正是乌兰木独大队的支书周长顺和队长石九科，都已经是五十多岁的人了。他们那布满皱纹的脸无言地讲述着他们饱经风霜的过往。“这么认真，在画什么呢？”两个人的注意力十分集中，并没有发现王来祥已经走到了跟前。听到声音才猛然发现新来的王书记站在他们身边，他们高兴地说：“王书记回来了！”

“回来了，今天去公社报到，顺路到田里来看看，正巧碰到你们俩。”王来祥指了指队长石九科手里的本子问：“这是啥？”石九科用青筋突出、满是老茧的手举着本子，对王来祥说，近几年土地碱化得厉害，他们想挖几条排水渠。他把他们目前的规划对王来祥说了个大概。王来祥听后高兴地说：“这个想法很好呀！”可是，两位大队领导面露犹豫之色，说：“好是好，就怕搞不起来。”王来祥听了后，知道他们担心的是什么，意味深长地拍了拍两个人的肩膀，鼓励他们放手去干。

王来祥骑着自行车，走走停停，不知不觉中，已经走了四十多里路，来到了杭锦淖尔公社的白塄子坡畔上。白塄子在库布其沙漠脚下，向南看去，漫漫沙丘一个连着一个，向北看则是杭锦淖尔村庄的田野。他对杭锦淖尔还是熟悉的，熟悉这里的人，也熟悉这里的土地。他在心里默默许诺，一定要把这个地方治理好，要带领乡亲们过上好日子。王来祥擦了擦脸上的汗水，迈开有力的步伐，朝公社大院走去。

王来祥到公社报到后并没有休息，他找干部们谈话，想摸摸情况。毕竟他要在这里工作了，要掌握第一手材料。听了干部们的汇报后，他告诉干部们，各个生产队的情况必须要去实地查看。他说：“只是听人说，不去看，只能知道一半儿的情况。我要到各个生产队去实地看一遍，心里才踏实。”

第二天一早，王来祥提了把铁锹就到公社的院子里挖坑去了。等干部们都上班了，大院里已经挖了几行小坑了。他让一部分人留下来按照他挖的坑规划种树，领着一部分相关干部到各个生产队实地调查，了解情况去了。

杭锦淖尔东西长二十五公里，南北宽三公里，总面积七十五平方公里，有近万人口，是当时人口比较多的公社。杭锦淖尔下辖七个大队、三十六个生产队。王来祥步行走了几个生产队查看情况，发现这几年黄河灌溉搞上去了，但是排水设施不配套，造成土地碱化情况严重。

如果再不把配套设施搞上去，土地碱化情况会更严重，粮食减产是必然的。王来祥决定把每个生产队都看一遍，为了节省时间，干部们和他走到哪里就住在哪里，碰到老乡吃窝窝头，他们就一起吃窝窝头，碰到老乡喝稀粥，他们就跟着喝稀粥。

四月，正是农民们一年中粮食最紧缺的时候，旧的粮食不够吃，新的粮食还没下来，这时候，好多人家就开始借粮了。一天中午，王来祥来到隆茂营一户村民家吃饭，正好碰到这家人吃菜汤和玉米面窝窝头，他上炕盘腿坐下，端起一碗菜汤就吃。男主人赶紧拦住，告诉他这饭他不能吃。这时，女主人从外屋端着一小盆面条进来了。女主人把面条放到王来祥的跟前说：“这才是你的饭。”王来祥乐呵呵地说："面条你们吃吧，这饭就挺好。"说着拿起一个玉米面窝窝头大口大口地吃起来。这家人见王书记这样平易近人，没再坚持，把面条分给几个孩子吃。事后他们说："王书记和咱们是一家人，是咱们的农民书记。"王来祥告诉干部们不能搞特殊，吃了老乡家的饭一定要把粮票和钱给老乡留下。

永兴一队的一位老乡说："记得当时，王来祥穿着半旧的中山服，一来到生产队看见大伙正忙着拉土，拿起一把铁锹就往小车上装土，不一会儿就满头大汗。休息时，他坐在堰圪塄上，和社员们一起卷烟抽，根本看不出他官儿，倒像是个地道的农民，庄稼地里的营生都懂，都会干。"

就这样，王来祥和部分干部白天到生产队实地查看农业发展情况和水利建设情况，晚上住在农户家做调查笔记、了解农民生活上的实际困难，能解决的当场解决。三十六个生产队，他们用了十天的时间都走了一遍，一个也没落下。他们帮助农民解决了一些生活上的困难，帮助生产队解决了一些生产上的实际问题。哪家社员有什么困难，王来祥都认真地记在本子上。这次深入细致地调研了解后，王来祥掌握了全公社各个生产队的基本情况，觉得自己肩上的担子很重，特别是见到有那么多粮食不够吃的户子，让他心里很不是滋味。

在他忙于在各个生产队了解情况的这几天中，他的妻子张巧荣带着两个孩子，雇了一辆生产队的胶车，把家从独贵塔拉搬到了杭锦淖尔，他们家的全部家当只有半胶车东西。当时，杭锦淖尔公社没有房，他们就向别的单位借了一间五十多平方米的房子居住。只用了不到半天的时间，张巧荣就把东西收拾好了。当地老乡听说王来祥家属在搬家，急忙跑来帮忙，却发现张巧荣早已把家安顿好了。看着王书记的家，老乡不由得感叹说：“当了几十年的干部，就这么点儿锅碗和铺盖，共产党的干部是好干部呀！”

王来祥回到公社后没有回家，而是在办公室支了一张硬板床，加班加点地研究分析所掌握的情况，饿了就到食堂吃口饭，困了就在硬板床上眯一觉。经过几天几夜的认真分析总结，他总结出盐碱地治理是一项长久的工作，不能急。在他面临的诸多工作中，首先，必须解决毛不拉孔兑的问题。孔兑是“雨水冲刷的沟”或“山洪沟”的意思。毛不拉孔兑属于黄河水系，源于杭锦旗阿门其日格的龙虎淘劳亥，流经丘陵沟壑地带，穿越库布其沙漠到杭锦淖尔的隆茂营流入黄河。毛不拉孔兑让当地人非常头疼。这里经常发生洪水，一部分生产队的庄稼时不时就会受到侵害。如果发生大洪水，全公社一半的土地就会被吞没，有些周边村庄也会跟着遭殃，后果不堪设想。解决毛不拉孔兑的问题，保护农田和村庄不受侵害，保障人民群众安居乐业，是当务之急。现在是四月份，还没到雨季，正是筑坝的最好时机。

有些干部提出了不同意见，表示现在正是春耕季节，抽调这么多人去打坝，耽误了农业生产怎么办？毛不拉孔兑是条很难治理的沟，修筑一条十公里长的坝可不是个小工程，万一坝筑起来却挡不住洪水，那就是劳民伤财。王来祥听后陷入沉思，仔细思考后坚定地说：“千槌打鼓，一锤定音。这事儿就这么定了，一切责任我来承担。”于是，他立刻召开大小队长会议，布置工作任务。他们吹响了冲锋号，向毛不拉孔兑这头野蛮的猛兽发起挑战。

二十世纪七十年代初不招工、不招干、不招大学生，青年人都在生产队劳动，特别是从学校毕业的初中生、高中生，他们积极响应党和国家的号召，怀着满腔的革命热情回到家乡，接受贫下中农的再教育，在广阔的田地里挥洒汗水。各大队组成民兵连，各小队组成民兵排。男青年组成突击队，女青年组成“铁姑娘战斗队”。他们都是生产队的主要劳动力。他们的信念是为祖国、为家乡的建设做贡献。他们风雨无阻地干活，不畏严寒，在大冬天拉土拉粪，甚至大年初一也不休息。他们风华正茂，满怀革命激情，憋着一股劲，甩开膀子大干。

小队队长一宣布打坝任务及参加的人数，大家没有一个人退缩，都积极地报名参加。全乡按时召集齐队伍，工程立即开始。筑一条十公里长的沙坝不是一个小工程。当时的筑坝条件相当艰苦，没有机械，全靠人力，只有铁锹、扁担、箩筐。王来祥向各生产队调集粮食，作为筑坝大军的伙食，保证让大家吃饱肚子干活儿。

他亲自巡查筑坝工程，参加工地劳动，在他的带领下，许多干部也参加了劳动。青年们的干劲很高。各个生产队的“铁姑娘”们也挥洒汗水，担着一百多斤的土担子，一步一颤地向坝顶走去。一个月的时间，他们就筑起了一道十公里长的沙坝。农民们可以安心地在田里种庄稼，高兴地说：“王来祥书记心里思谋咱农民的事，是咱们贴心的当家人。”

完成了打坝工程，王来祥又开始规划治理土地。杭锦淖尔全公社的土地，有四分之一是盐碱地，一到春天，白花花的一大片，严重影响粮食产量。有十来个生产队年年都得吃国家的返销粮。王来祥根据乌兰木独大队两位领导的构想，再到实地查看后得出结论，立足长远打一场改造盐碱地的持久战是十分必要的。王来祥通过细致地规划，制订出一套详细的规划治理方案，在全公社开挖十九条排、灌、林、路配套的南北排干支渠，总长二十五公里，给盐碱地做一次开膛破肚的“大手术”，从根本上解决盐碱化土地的问题，提高粮食产量。在一九七三年要做出这样大的规划，需要相当的胆识和担当。为了改变杭锦淖尔贫穷落后的面貌，提高这里人民群众的生活水平，王来祥下定决心好好干。他信心满满，有这批热血青年付出努力，建设家乡，杭锦淖尔一定会旧貌换颜。他组织成立了以民兵为主的基本农田建设施工团，农忙时停工，民兵们各自回生产队劳动，农闲时开工挖渠、修路、种树。

王来祥在开工那天的动员大会上讲：“毛主席教导我们‘不失时机掌握生产环节’，我们就不失时机地掌握好农业生产，也不失时机地掌握好水利建设。为了改变我们贫穷落后的现状，必须打好这一仗。我是共产党员，又是这里的干部，不能让社员们饿肚子。”这一番话，表现出了王来祥要为大家做实事的愿望和敢想敢干的气魄。

小南河是全公社的总排干，河里长满了水草和蒲草，淤泥已经快把河溢满了，严重影响排水。在雨季和浇灌时段，水草长得非常茂盛，堵塞河道，很难有效排水。这条河从西到东贯穿整个杭锦淖尔，王来祥决定先解决这条总排干的排水问题。施工团首先拿小南河“开刀”，全线清淤。这是一项异常艰巨的工程，大家都需要在泥水里干活。所有参加清淤工作的干部群众都是亲自下河劳动，没有一个站在河岸上动嘴不动手的人。参加清淤工作的民兵们信心十足，都是在用全部的力气干活。

清淤工作完成后，王来祥组织民兵们在排水渠的出口处又深挖一米，保证了小南河排水畅通。当时，公社的财力严重不足，买不起任何机械，也没有能力修建排水站。穷则思变，王来祥和在杭锦淖尔农垦的建设兵团商量，联手建造了黑水淖尔强排站，水位高时自排，水位低时强排。两种措施双管齐下，有效降低了地下水位，达到了改造盐碱地的目的。

第十五章 初见成效

/第十五章/ 初见成效

打王来祥来了以后，杭锦淖尔公社就红火起来了。大家挖渠、修路，越干越红火，庄稼的长势也特别好。入夏以来，麦子长得出奇的好，老乡们都说近几年还没见过长势这么好的麦子。庄稼人一年到头在地里刨闹指望什么呢？当然是好收成了！有了好收成就有了好日子。杭锦淖尔的庄稼人看着就要开镰收割的麦子，喜在心头，笑在脸上，夸他们的好书记能够狠抓生产。群众对这套开挖排、灌、林、路配套南北支干渠的做法非常拥护，积极性很高。庄稼地里的农活不太忙的时候，杭锦淖尔全公社三十六个生产队联合挖渠的工程就开始了，劳动场面热火朝天，人们干劲十足。现在小麦就要开镰了，这天是永兴大队最后一天挖渠，民工们就要回各自的生产队准备收割小麦了，王来祥要去工地看一看。

这天早晨，空气清新，让人感觉特别舒服。太阳还没有露头，鲜艳的朝霞在东方飘着云的天边升腾着、升腾着……这是炎热的夏季中一天最美好的时刻。五拉山显得很近，田野显得很宽，树木显得格外翠绿。王来祥的心情格外好。昨天晚上，他听了各大队的汇报，各个生产队的小麦都已成熟，人们摩拳擦掌，准备开镰，听了真叫人长劲儿。王来祥骑着自行车从公社出发去永兴大队的工地。在独贵塔拉公社十几年，自行车就是他的坐骑。到田间的路坑坑洼洼的，自行车东拐西扭，很是费力，有时他还得在田间的堰圪塄上推着自行车走。

王来祥推着自行车走在这清晨的田间，看着那一片片成熟的麦子在晨风中掀起金黄的麦浪，心里喜滋滋的。作为公社的书记，他想得更远、更美。他心里有一幅杭锦淖尔发展的宏图，他走着坐着都在盘算着。把这项农田水利建设完善了，不要遇上天灾，生产队的农业发展就有保障。庄稼丰收了，农民就有好日子过了。他准备再和独贵塔拉的建设兵团商量商量，想办法把电架过来，有了电就能有更大的发展。那时，各个生产队就像建设兵团一样满地跑着拖拉机，农业生产还愁搞不上去吗？用不了几年，杭锦淖尔就会变得繁荣富强，农民就会有展油活水的生活。想到这里，王来祥的脚步迈得更有力了，心情愉悦地向永兴大队的挖渠工地走去。堰圪塄上的杂草挂满了露珠，打湿了王来祥的鞋和半截裤腿。

一轮红日从东方升起，把阳光撒向大地，堰圪塄杂草上的露水开始退去，几只喜鹊在树枝上跳来跳去。王来祥熟悉这里的每条小路，他和一群群的民兵同时到达了工地。民兵们一见到王来祥便热情地打招呼：“王书记来了。”王来祥也热情地向他们打着招呼，自然地加入到火热的挖渠劳动中。他们已经习惯了王书记和他们一起劳动，毫不拘束地和王书记说说笑笑。在休息时，王来祥告诉他们，这项工程才刚刚开始，只是第一阶段，这项工程是艰巨的，也是长期的，得需要几年才能全部完成。他叮嘱大家一定要注意自身安全保护，不要在劳动中受伤。听了王书记的话，他们表示决不辜负王书记的关心，一定要打好这一仗。一年接着一年干，不见成效决不罢休。看着这群朝气蓬勃的年轻人，王来祥充满了信心。

傍晚，王来祥和大家一起收工，骑着自行车回到公社。杭锦淖尔沉浸在柔美的晚霞里。

杭锦淖尔的河头地大部分种的是麦子，割麦季节正是雨季，也是汛期，大家几乎是“龙口夺食”。各生产队动员所有的劳动力全力抢收河头地里的麦子，不能让即将吃到嘴的麦子被水冲走。王来祥号召公社全体干部到各个生产队去，一起抢收河头地的小麦。

王来祥拿着镰刀来到河滩。整个河头地金黄一片，无边无际。有的人来得更早，已经开始割麦了。麦田里到处是忙碌的人。王来祥迫不及待地走入麦田，加入青年突击队。这让青年人非常振奋，劳动的积极性更加高涨。有的小青年表示要和王书记比赛，看谁先割到地头。王来祥欣然应战，并对这些年轻人说：“你们要注意，第一天割麦，千万别用力太猛了，拉了胯就麻烦了，腰会很疼的，得两三天才能缓过来，耽误劳动不说，自己还受罪。这点一定要注意。”

王来祥从小打工受苦，农活全会干，有劳动人的体魄，更是出了名的不怕苦、不怕脏，割麦子这种农活对他来说并不难。这个血气方刚的公社书记走进麦田，给这些风华正茂、干劲十足的青年们做着割麦示范。镰刀在王来祥的手里似乎变活了，刀尖一勾，一丛麦子就服服帖帖地拿到了手里，“唰唰唰”，一簇簇麦子在他的身后倒下，他一会儿就轻轻松松割出几十米远。年轻人们看得惊呆了，没想到一个工作了几十年的干部能有这样高超的割麦技能。王来祥直起腰，招招手，示意青年们动镰刀吧。在一片惊叹声和欢笑声中，青年们弯腰开始割麦。“唰唰唰”，麦子在这汗水与镰刀的交响乐中一片片倒下。

火热的劳动给王来祥和突击队员们以及杭锦淖尔的男男女女、老老少少增添了无限的欢乐。大胶车、牛车、毛驴车一趟一趟地往生产队的场面拉麦捆。麦垛像黄色的馒头堆放在场面上，看得农民们心花怒放。

不要以为劳动者只有欢悦。人工割麦是农活里最苦最受罪的营生。割麦季节正逢天气最炎热的时候，汗水会顺着脸颊流到眼睛里和嘴里，难受极了。对麦尘和麦芒过敏的人，胳膊上、脖子上会起一片一片的红疹子，叫麦稍。起了麦稍的地方被汗水浸着，又疼又痒，那叫一个受罪。王来祥和有些人都起了麦稍，大家都是悄悄地咬牙忍着。经过几天的紧张收割，河头地的麦子全部上场，大家打了一场漂亮的收麦仗。

那些粮食不够吃的村民就盼着麦子熟，麦子熟了，东挪西借的日子就结束了。生产队把第一场打的麦子分给了大家，各家开始磨面，吃新麦子面了。有的人家还没等队里分麦子，就叼空把自留地的麦子收割回家，铺在自己的院子里用连枷拍打下，提前吃上新麦子面了。

王来祥来到杭锦淖尔的第一年，全公社的小麦获得了大丰收。那几个吃返销粮的村民分到了比往年多的小麦，高兴地说：“王书记来了，我们分的粮多了！”

忙完了麦收，王来祥又和各生产队的社员们开始了改造良田、修路、种树的工作。他同大家吃在一起，住在一起，干在一起。好多和王来祥一起挖过渠、修过路的农民说：“一些壮劳力在干活方面都不如老王。”

王来祥和广大社员们坚持不懈，一直采用农忙停工，农闲开工，用见缝插针、全年施工的方法坚持干。到一九七六年，全公社开通了九条南北支干渠，盐碱地的改造初见成效，公社粮食总产量翻了一番，有九个吃国家返销粮的生产队摘掉了穷帽子。全公社基本达到了口粮发放标准，解决了村民们的温饱问题。这几个生产队的人每到分粮时就说：“多亏了咱王书记实干，咱才能分够口粮。”

从此，杭锦淖尔公社一直都是产粮大社，每年都可以超额完成国家下达的粮食征购任务。他们吃苦耐劳，努力实干，修通了好几条路，还在渠背上路两旁种了好多树。杭锦淖尔公社在土地盐碱化治理和环境改善方面取得了较大成就。

第十六章 老来乞钵

为了解决盐碱地问题，找到科学种田的方法，扩大生产队的耕地面积，提高粮食产量，王来祥组织农民学习借鉴外地经验，请教农业专家，全公社引进了引洪淤沉、清水澄地、挖排水渠澄地、沉沙澄地等多种改造盐碱地的新方法。各个生产队用这些方法解决了许多碱地问题，使碱地转化成可以种植粮食的耕地。这样一来，公社陆续开垦出许多闲置的荒、碱地，增加了耕地面积。这些地经过社员的精心耕作，逐渐变成良田。

杭锦淖尔公社各单位集体工有五十多人，这些人的口粮一直是生产队供给。有的生产队连社员自己的口粮也刨闹不够，还得承担集体工的口粮，实在是压力很大。为了减轻生产队社员们的负担，王来祥从沙畔到塄畔转了几天，就是找不到一块能种庄稼的地。

一天傍晚，王来祥骑着自行车到总排干的出口处找到了河头一个拐弯处，这里是黄河畔的一片河头地，离村子有些远，地方比较偏僻，路也不好走，平时基本没人来这里。这里有一大片荒草地，从草的长势判断，土质应该是不错的。王来祥把自行车上带的铁锹拿下来深翻，看了看土质，乐了。这里的土质果然不错，上面盖着沙子，下面是泥，“沙盖耧”是上等的好地。王来祥不住地自言自语：“好地，好地呀！闲置着太可惜了。”有了这块地，那五十多人的口粮就有办法解决了。王来祥兴奋地骑着自行车回到公社，第二天就号召这五十多人拿着铁锹、小推车到这里开荒。他们平整土地，清除杂草，往外捡石头，几天工夫，一百多亩荒地就开垦出来了。王来祥又到永兴五队找了贺牛换和刘在两个人，拉着农具来到这里开始耕种。

王来祥是个闲不住的人，靠边角处有一块高低不平，六七亩大的杂草地。这块地里有很多洪水冲来的石块。王来祥利用早晚或周末休息时间来到这里，把石头一块一块地担出去，将这块土地平整好，作为试验田。王来祥在这块田里种了几种庄稼做试验，只要有空就往试验田里钻。他把试验田分成三块，每一块种一种庄稼。第一块是比节令提前几天种的小麦，长势很好，王来祥已抽空锄过了。

一个星期天的早晨，王来祥又骑着自行车来到他们开垦的小农场。地里的麦子已出齐苗，放眼望去，无际的河滩里，一垅一垅的麦苗油光放亮，让人欣喜，王来祥打心底里高兴。这个河滩并不热闹，在以前，这里根本没人来，一片苍凉荒芜。这年打春以来，这里的沉寂被王来祥打破了。之后，时常有来这里劳动的人，这里有了生机，充满了活力。贺牛换扶着犁耕地。银光闪闪的犁铧划开了土地的肌肤，翻出了赤褐色的土壤。闻着随风飘散的浓郁的泥土芬芳，王来祥的心里很是舒畅。刘在站在耙上耙地，“哒哒哒——来来来——”，指挥着拉耙的老牛。他俩看见王书记来了，停下了手里的活儿，来到地圪塄畔，就像见到老朋友一样，打过招呼后就蹲在地塄上掏出旱烟袋子，卷了支烟递给王来祥。王来祥也不客气，把烟接过来。贺牛换指着麦田说："苗势这么好，今年的收成错不了。"王来祥心里乐滋滋地接过话茬说："但愿黄河水不要出岸。"

这一年风调雨顺，黄河水也没跑出河槽祸害庄稼，这块河头地到了秋天会有满满的收获。正如贺牛换说的，当年开垦，当年受益，这块地收获了小麦、糜黍、豆类共计四万多斤，彻底解决了集体人员的口粮问题。王来祥种的试验田也很成功，试验田里的麦子比一般麦子提前几天成熟，产量也相当不错。

那段时间，人们要找王来祥办事，经常得来开垦地才能找到他。久而久之，人们把这里称为"老来圪钵"。有人到公社找王来祥没找到时，就去"老来圪钵"找，去了"老来圪钵"就一定能找到。

后来，每年到了耕种的时候，都是贺牛换和刘在两个人来这里耕种，他俩只管把种子种进地里就行，平时回生产队劳动，后面的锄搂收割等活儿都是公社那些集体工抽时间干。这块地每年收获的粮食，他们留足自己的口粮后，会把剩余的粮食分给五保户、困难户，此外要给旗里交一部分，还要给养老院留下一部分。这种做法一直延续了十多年。现在这块地还叫"老来圪钵"，改革开放后，有几个队的社员还在靠这块地生活。

杭锦淖尔的沙梁畔是一片不毛之地，一刮风，黄沙便遮天蔽日。这里除了稀稀疏疏的几株沙蒿，别的什么也不长。受到开垦河头地的启发，王来祥又在离公社不远处的沙塄畔开发了一个果园。他和干部们在果园里种了杏子、沙果子、苹果、梨等果树，周围还栽了很多其他品种的树。这些果树栽种后都长势很好，几年后开花、结果，公社社员们吃到了香甜的水果。这里从来没有种过果树，更没有在沙漠里种过果树，以前人们想都不敢想，更不会去种。二十世纪七十年代这里的人们能在荒凉的沙漠边上，吃到自己种的水果，可以说是创造了一个奇迹。人们亲切地称这个果园是“老来果园”。后来周围的树越栽越多，如今，杭锦淖尔的沙塄畔已是满目翠绿。

除了创建果园，王来祥还在小淖尔上建起了鱼池，让社员们吃到了自己养的鱼。人们称这个鱼池是“老来鱼池”。在二十世纪七十年代就如此敢想敢干，王来祥可以说是走在时代前面的人。

此外，杭锦淖尔还有“老来树”和“老来路”。

王来祥一调来杭锦淖尔，就让干部们在公社大院里种了几排树，让公社大院的环境美了起来。当时一出公社大门就是一条土路，路很不平整，平时就不好走，一下雨更是泥泞难走。王来祥动员公社干部职工，用推车和铁锹垫平了这条路，并在路两旁栽上了树。平时，王来祥一有空就提上一把铁锹铲路、护路。人们走在这条宽阔平坦的路上，就会想起王来祥，后来人们亲切地叫这条路为“老来路”，还把路两旁粗壮茂盛的杨树、柳树亲切地称为“老来树”。群众常说：“王书记能干实事，敢干实事。”也正如鲁成祥说的：“王书记谋事准、干事稳，讲求实效。”

王来祥为群众服务，大事也办，小事也管。大家都说王来祥心里有一杆秤，办事公正，处理事情果断。村民之间发生矛盾就找王来祥，有时王来祥不在他们就等着。说也奇怪，有些事一经王来祥调解就顺利解决了。

王来祥的妻子张巧荣是个热心肠，所以邻居们与她也很亲近。有一次，一对夫妻领着个孩子来到王来祥家，哭哭啼啼、吵吵嚷嚷的，说是要离婚。恰巧王来祥不在家，张巧荣听了两个人的说法，边劝边做饭。饭熟了，她对这两口子说："孩子饿了，等吃了饭再说吧。"

等这两口子吃完饭了，气也消了，都觉得张巧荣说得很有道理，便领着孩子回家了。

在杭锦淖尔的这几年中，有些人家两口子闹矛盾就来找张巧荣，有的人甚至住下不走了。张巧荣总是耐心地说合，劝和了好几个家庭。有的家属对张巧荣说："哭哭啼啼的不说，你还得给他们管饭，你让她们到公社找干部去。"

张巧荣总是说："夫妻吵架也没啥大事，都是生活琐事，能说合回去好好过日子就行了。"

有些惯熟的妇女到白塄子买东西，碰到张巧荣总要唠一阵子。这样，张巧荣认识了好多村民。

王来祥一家住的是卫生院的房子，平时张巧荣经常能碰到来卫生院看病的村民。有一次，村里的一个孩子病了，大人走的着急，什么也没带，到了卫生院得知需要输液，中午回不去了。张巧荣知道了，回家做好饭，送到卫生院给这一家子人吃。

一九七三年黄河流凌时节，卫生院来了一位病人，头痛得厉害，经过两天的治疗还是不见好转，家人急得团团转。正巧王来祥来买药，见状便向大夫询问情况。大夫告诉王来祥，经过初步诊断，认为这个病人患的是急性脑膜炎，但这里只是个小诊所，医疗条件有限，无法对其进行进一步治疗。如果病人可以马上到包头的大医院治疗，可能还有救，只是当时黄河流凌，过不去，绕道达拉特旗大树湾恐怕就来不及了。王来祥听后，二话没说，赶到兵团连部借了一辆卡车，把病人送到包头的医院。病人得到了救治，保住了性命，但留下了后遗症，智力受到了损害。

这件事给王来祥带来的触动很大，一个万余人的公社没有一个像样的卫生院。俗话说：隔河千里远。当时是用船渡人过黄河，遇到开河或是结河时，人们就过不了河了。如果再遇上毛不拉孔兑把路封堵了，就会出现四面无路的状况，遇到危急病人需要转院的情况，经常是无力适从。

王来祥立即主持召开了各大队支部领导会议，提出群众集资，自力更生，盖一所公社卫生院的想法。到会的人听说要盖医院，都表示同意。全公社的群众积极参加，以生产队为单位，有人的出人，有车的出车，有料的出料，有钱的出钱。冬天就把材料都准备好了，第二年开春动工，十月底竣工，一座八百平方米的公社医院就这样建成了。事后伊克昭盟委组织部部长白布和实地考察后兴奋地说：“一万人的公社没花国家一分钱，通过群众集资，自力更生，盖起了一座医院。这是一件大好事，取之于民，用之于民。来祥书记是个敢于担当，为人民办实事的好书记。”

王来祥总是告诫自己，不能忘记共产党员的使命，要时时处处想着为群众办实事。

有一天，太阳落山了，人们都从地里收工回来了。王来祥骑着自行车来到永兴大队老支书高铜柱家，正碰到高铜柱担着一担水从外面回来。高铜柱提起一大桶水，吃力地把水倒进水瓮里。他直起腰时，王来祥看到他的脸上布满了岁月的痕迹。高铜柱头发花白，背也驼了。王来祥的心颤抖了一下，高铜柱老了，其他几个大队的干部也都老了。再过几年，他们的生活该怎么办？王来祥脑海里闪出这样一个问题。这天，他和高铜柱唠了很多，从新中国成立初期说到当前的情况。

七个大队的老支书都已经五十多岁了，他们都是新中国成立初期的村社干部，一直为村里的乡亲们跑前跑后地奔波。二十多年来，他们带头干脏活累活，从来不多挣工分。不论是村里还是社里，谁家有大事小情，他们都是跑在前头。现在，这些人都老了，而且没有固定收入。王来祥想到了一个现实的问题，就是再过几年，这些为乡亲们辛苦了几十年的老支书们干不动体力活儿的时候，就连工分也没得挣了，那时他们晚年的生活没有着落，该怎么办呢？怎样能让这些人有拿固定工资的工作呢？这个问题一直困扰着王来祥。高铜柱担水的情景，还有他来杭锦淖尔上任时第一次碰到石九科时的场景，总是在他脑海里浮现。

一天，王来祥到兵团连队的基地，看到战士们由于不懂种地，导致庄稼长势不好。由此，他萌生了一个想法，这些城市来的年轻人不会种地，这是个机会，让那些老支书们到兵团当生产顾问是很合适的。他们成了兵团正式职工就有固定工资了，老年的生活也就有保障了。

有了这个想法，他立即就去杭锦旗里找当时的旗委书记王玉真汇报他的想法。王玉真书记听了高兴地说："这是个好事，你去和兵团商量吧。"得到旗委书记的支持后，王来祥骑着自行车到独贵塔拉的二十团团部，找兵团领导商谈接收大队老干部的具体事宜。历时两个多月，王来祥前后跑了六趟。有一次从团部回来，正好是顶风，自行车骑不动，他只好推着自行车从独贵塔拉走回杭锦淖尔。王来祥的极力推荐和诚恳的态度使得兵团党委同意接收这七名老同志。接收手续办好后，王来祥欣喜地说："这些老支书的晚年生活总算有着落了。"王玉真高兴地说："来祥书记能干事，是群众的好干部。"

黄河蹄子

第十七章 一只耳朵失去听力

★事迹总览
★媒体报道
★人物评述
★作品赏析

扫码获取

/第十七章/　一只耳朵失去听力

一九七七年杭锦淖尔又迎来了一个丰收年，有的生产队的小麦已经上场，其他庄稼的长势也特别好。河头的小农场，也就是人们俗称的“老来圪钵”，被王来祥视为“最美的地方”。这里是由美好的人创造出来的美好的地方。王来祥只要来到这片土地上，心情就会非常放松，充满愉悦感，会忘记琐碎的工作带来的烦恼。所以，他一有空就会到河头看看小农场的庄稼。

这天，王来祥到他们的小农场看庄稼，顺便到隆茂营大队那边的地里看了看，不知不觉，太阳就落山了。一轮明月从东方升起，把河滩照得亮堂堂的。王来祥干脆站在一块田埂上，欣赏起这里的夜色。这里没有裸露在外的土地，除了庄稼就是芦苇和杂草。堤边的河柳、芦苇、杂草影影绰绰。河柳枝头上的小鸟跳来跳去，静下心来细听，还能听到庄稼苗拔节生长的声音。草丛里有许多小生命在活动。这美妙的夜晚，有万千生命在欢跃。王来祥看着无边无际的墨绿色，在月光下甚是诱人。他不由自主地走进茂盛的玉米地，闻着玉米苗的清香，陶醉在这玉米林中。

王来祥又开始想他的新规划了，独贵塔拉变电站马上就建起来了，这是杭锦旗人民渴望已久的电力工程。杭锦淖尔很快就可以通电了，有了电，农业和工业中他规划的项目就能够实现了。想到这儿，王来祥从玉米林里走出来。觉得天气越来越闷热，他看了看天空，黑云由南向北迅速压过来。七月中旬，正是多雨的季节。王来祥猛然想到早晨那漂亮的云霞把半边天都映红了。我国自古就有“朝霞不出门”的农谚。这一白天没下雨，晚上要来雨了。这时的天气闷热得让人喘不过气来。乌云开始从南边的天空升起，迅速向北边扩散开来，刚刚还是满天繁星、明月高挂的天空，现在已是灰蒙蒙的了。凭王来祥的经验，这场雨不会小。王来祥大步向公社走去。

王来祥回到公社，连夜召开了防洪防涝会议。雨说来就来，天还没亮就阴沉沉地下起了雨。早上，公社的干部冒雨到各大队布置防洪防涝工作。

这年的七月是个不寻常的月份，这次降雨在杭锦旗这个干旱少雨的地区是罕见，杭锦旗大部分地区下了一场连阴雨。这场雨从白天下到晚上，又从晚上下到第二天早上，一会儿大，一会儿小，“稀里哗啦”的雨水声不断，如泻的雨瀑布高挂在天空中。这场雨连续下了四五天，阴云笼罩着农民的心，也笼罩着王来祥的心。毛不拉孔兑近几年小的洪水发生过几次，一九七三年春天他们打的十公里沙坝还能阻挡。可是，这么大的连阴雨，毛不拉孔兑的沙坝还能起作用吗，会不会发大洪水？王来祥的担心随着这持续不断的雨越来越浓。

这天清晨，王来祥看看天空还是灰蒙蒙的，没有放晴的意思，显露出焦急的神情。刚吃过早饭，黑云就从南边的库布其沙漠压下来，云低得像是铺在地上碾压过来的，让人喘不过气来。天空突然暗了下来，灰暗中给人一种恐怖的感觉——更大的暴雨要来了。

雨从南边过来，这让王来祥更觉不安。毛不拉孔兑的水是从南而来，向北进入黄河，那里的地势也是南高北低。毛不拉孔兑就怕南边来雨，那样很容易引发洪水灾害。果然，不到一袋烟的工夫，雨点密密麻麻地向大地倾泻，天地间浑浑然一片。已经是水洼的杭锦淖尔公社的大院里就地起水。院子里的水位急剧上升，几乎要没过门槛了。

一大早，干部们就穿上雨衣准备到各村去查看情况，没想到雨来得这么急又这么大，都被拦在了办公室里。王来祥穿着雨衣，冒雨把挡在排水口处的杂草扒拉开，雨水才没有流进办公室。大雨下了不到一个小时停了下来。不一会儿，远处传来"轰隆轰隆"的声音，王来祥的心里"咯噔"一下，心想："这下完了，担心的事情终于还是发生了。"

"发洪水了！"不知是谁喊了一声，干部们穿着雨衣都跑到了大门外。大家站在泥泞里，被眼前的场面惊呆了。库布其沙漠腹地的雨水汇成一股一股的流水，从南沙梁飞泻而下，向毛不拉孔兑汇集。雨水聚集成一股十几米高的洪峰怒吼着，席卷着大小石块和黄澄澄的泥沙，一路狂奔，冲向毛不拉孔兑的沙坝，然后毫不留情地把沙坝撕开了一道口子，冲出决口，咆哮着奔向河滩的万亩良田，肆意践踏田地里的庄稼，无情地毁灭了农民们的心血与希望，然后怒吼着奔向黄河。

毛不拉孔兑粗野地吼叫了几个小时后，终于安静了下来。雨停了，风把满天的稠云撕成了碎片，破裂的云朵儿快速退去，太阳出来了，大地上没有渗入土里的雨水被阳光照得闪闪发亮。大雨洗过的天空又明净又清澈，但王来祥无心欣赏这样的景色，带着公社的干部们踏着泥泞来到了毛不拉孔兑。

看到现场的情况后，王来祥的心情更加沉重了。十公里长的沙坝被洪水冲击得支离破碎，撕开的决口有两百多米长，三米多深，看着让人心悸。人们跑到大堤上往河滩里一看，全都傻眼了，那里已是一片汪洋，水继续向着黄河流淌着，大概过了一个多小时，水慢慢退去，田里露出了被冲倒的庄稼。万亩良田里，多半庄稼躺在烂泥糊糊里，几千亩的庄稼被洪水冲毁了。这惨痛的场景让人心里难受，农民们一年的希望由此破灭了。“唉！”站在堤上的人们都像丢了魂似的，一声叹息连着一声叹息。

王来祥想到河滩里看看，但是刚漫过水的土地泥泞得脚踩下去拔不出来，实在是无法走进去。他只好先到隆茂营村去查看一下灾情。路上，王来祥碰到大队支书，便向他询问了村民的情况。大队支书告诉他，沙坝虽然被冲毁了几段，但还是起到了一定的作用，洪水从决口处顺着沟漫过了河滩进入黄河，隆茂营村没有房屋倒塌，人和牲口也没有受到伤害。

王来祥心情沉重，又去隆茂营村实地看了一圈后，返回毛不拉孔兑。站在决口前，王来祥让大家讨论下一步该怎么办。有的人说现在把缺口堵住就行了，修固沙坝等到秋后再施工也行。有的人说，光堵决口不顶事，还得加固沙坝。可是十公里的沙坝，土方量大，工程战线拉得长，加之地形复杂，工程量太大，很难在短期内完成。况且当时正值雨季，如果在施工期间再来一场大雨，那风险就太大了，白费人力和财力是小事，如果出了更大的事故就麻烦了。也有人提出等地干了抢种一茬晚庄稼，能减少一些损失，等秋后再堵决口修坝。

听着大家的讨论，再看看眼前的一切，王来祥沉思起来。筑坝堵决口工程量确实很大，天气炎热且正值雨季，完成任务是非常大的挑战，而且还有可能遇到意想不到的困难。如果在筑坝期间再来一场大洪水，筑坝的人力财力就全白费了，而且，如果工地上施工的人来不及撤下来的话……那后果是非常可怕的。可是，现在已经有一部分庄稼被毁了，受灾的生产队不用说交公粮了，就连自己的口粮也成了问题，如果再来一次洪峰，那杭锦淖尔的耕地将会被全部淹没，甚至还会危及人、畜和房子。那时候，抢种的庄稼又会被淹，全公社社员的口粮也都成了问题，不仅人得挨饿，而且造成的其他损失也是无法估计的。要从根本上解决问题，还是得筑坝，这样就不会造成二次灾害了。一名共产党员面对困难不能屈服，更不能瞻前顾后，一定要为人民的利益着想。遇到再大的困难，只要勇于面对它、战胜它，就一定能获得最终的胜利。想到这里，王来祥下定决心：干！一定要干！而且要大干！至于施工期间遇到的具体问题，到时候灵活应对，一个一个解决，没有什么可顾虑的。

王来祥当机立断，决定调集全公社的民兵组成抗洪抢险施工团，筑坝堵口同时进行，而且要把十公里的沙坝加宽加高，让它更加坚固。他说：“这次的施工要‘一斧子钉牢，到老不动摇’，修一道能抗大洪水的大坝。”这项工程预计二十天左右完工。

二十世纪七十年代正处于备战备荒的时期，每个生产队都有民兵排长，每个生产大队都有民兵连长。民兵们平时在生产队参加劳动，冬天各大队都组织民兵训练，教官都是军人，对民兵的训练要求和军人是一样的。他们拿起枪是保卫家乡的战士，放下枪就是建设家乡的劳动者。

命令下达后，不到两天的时间，各大队的民兵连长就带着民兵来到了毛不拉孔兑，上千人的抗洪抢险团就这样迅速组建起来了。王来祥和大家一样，吃住都在工地上，现场指挥施工。一有时间，他就和民兵们一起劳动。那时的杭锦淖尔还是个很落后的地方，这样大的工程却没有一台机器，十公里长的大坝全靠民兵用肩膀担土、小车推土一点点修筑起来。

坝上坝下到处都是人，大家挑着沙土、石块，不停地往坝上运送，担土的人们来来回回，匆忙穿梭着。一千多人的生命安全紧紧揪着王来祥的心。他将成为一个罪人，他紧张地在现场巡查，一刻也不敢离开。

正值入伏天，太阳像一颗大火球挂在天空中，工地上的民兵们都是壮实的庄稼汉，基本上都是穿着背心或是光着膀子在烈日下干活。小伙子们肩上担着少说也有两百斤重的土，费力地登上坝顶，把土倒下，再返回来继续担土，然后再上坝顶……他们每天重复着这种劳动，收工回到工棚后，每个人的脸上都挂满了汗水流过又晒干的痕迹。可是，没有一个人消极怠工，更没有一个逃工的。晚上，筋疲力尽的人们不顾蚊蝇虻虫的叮咬，倒在铺在沙土上的毡子上或是草垫子上便呼呼大睡，第二天天一亮，又照常上工。

王来祥清楚地知道，这些小伙子知道累，也知道苦，但有一种精神在支撑着他们，那就是热爱家乡、建设家乡、为家乡做贡献的信念。他们有火一样的热忱，他们充满了青春的活力，这就是那个年代的年轻人。

王来祥和民兵一样，每天准时出工，雷打不动。一吃完早饭他就上了工地。工地上十公里的路程全靠步行，他有时一天走一个来回。他无论走到哪个连队，发现问题就直接进行现场指导，有时顺便参加连队的劳动，和民兵一样担土上坝，天黑才收工回来。回到工棚后，大家可以休息了，王来祥不可以。他得总结一天的工作，仔细研究遗留的问题，想出解决的方案。一天下来，浑身疼得像被鞭子抽过一般，可他从不吱声，用吃止痛片的方式来止疼。无论工作到多晚，第二天王来祥依旧会准时出现在工地上。

由于天气热，晚上又休息不好，工作压力大，王来祥患了中耳炎，右耳疼痛难忍，有时疼得整夜无法入睡。吃止痛片也不顶事时，他就会悄悄地走出工棚，在外边来回走动，以缓解疼痛。同事们发觉后让他回公社治疗，他说工程正在关键时刻，自己不能离开工地。他让人捎了两盒消炎药到工地上，每天服用，维持着病情。

一名共产党员的党性，一位公社党委书记的职责，让王来祥坚持着，一直坚守在工地上。工程持续了二十一天，王来祥在工地上住了二十一天，白天黑夜，一刻也没有离开过。在施工期间，没有发生任何安全事故。在他的带动下，民兵们干劲儿十足，工程如期且保质保量地完工。工程完工后，王来祥到医院检查，医生说耽误了治疗时间，右耳穿孔，已经失去了听力。

此后，毛不拉孔兑再也没有出现过决坝的情况，就算是一九八三年毛不拉孔兑发特大洪水淹了隆茂营和达拉特旗的中和西那次，筑起的沙坝也没有决口，洪水绕过大坝，冲进了达拉特旗的中和西后折向隆茂营。

当人们说起当年的往事时，说王来祥的耳朵如果及时治疗的话就不会出现如此严重的后果。王来祥听后，轻松地说："我失去了一只耳朵的听力，换来了杭锦淖尔人民的安居乐业，值！"

黄河骄子

第十八章 抗洪抢险

★事迹总览
★媒体报道
★人物评述
★作品赏析

扫码获取

一九七九年，王来祥调到杭锦旗水电局任局长。一九八一年八月初，正是庄稼成熟的时候，杭锦旗沿河的几十万亩河头地里的庄稼高高低低，绿黄相融，像宽阔的黄河河面起伏不定。糜穗、谷穗沉甸甸的，随风摇荡，在灿烂的阳光下，油绿里闪着金光。成片的玉米棒子正在闭目养神，享受着阳光浴，使自己饱满成熟。金色的葵花已经没有了往日的绚丽多彩，硕大的葵花盘将葵花秆压的腰都弯了。整个沿河滩显示着一派丰收的景象。没想到，此时，黄河水猛涨，危及整个沿河滩。接到防洪的通知，沿河人民毫不犹豫地走上大坝，承担起防洪的任务。

黄河上游连续降雨，给黄河中下游造成了百年不遇的巨大洪峰，发生了黄河全流域性的大洪水。黄河这条喜怒无常的巨龙翻滚奔腾，一路咆哮着，以每秒四千多立方米的流量由西向东而来。这是杭锦旗历史上遇到的最大的一次黄河洪峰。黄河水涨，不但危及杭锦旗沿河人民的生命安全，而且危及整个伊克昭盟千里黄河平原上人民的生命财产安全。据黄河汛情报道，这还不是洪水的最大流量，不久还会有更大的洪峰到来。当时伊克昭盟盟委书记千奋勇到险情最重的达拉特旗段防洪现场指挥抗洪。

黄河流经杭锦旗，西起三盛公水利枢纽的上游十公里处，东至黄河一级支渠毛不拉孔兑入口处，全长二百四十九公里。有的地方没有防洪堤；有的地方由于黄河常年淘河，塄河槽坍塌，河床积淤高；有的地方堤坝年久失修，因此，二百四十九公里长的黄河沿线有多处险段。杭锦旗沿河四个公社人民的生命和财产安全处在危险之中，情况十分危急。

得到汛情报告，杭锦旗人民政府动用各单位的运输车辆，动员全体干部职工赶赴沿河地区，和沿河人民一起抗洪抢险。旗委书记道布登生格到防洪堤做现场指挥。副书记刘玉祥和其他领导也都上了防洪坝，加入防洪抢险工作。全旗进行了紧急动员，各行各业的人都要全力以赴参加抗洪抢险。所有抢险人员兵分两路，一路防洪抢险，一路抢割能收割的庄稼，同时做好必要时安排转移村民的准备。

沿河人民丰收的喜悦心情瞬间被防洪抢险的紧张和不安取代。杭锦旗沿河各生产队的劳动力都行动起来了，就连各学校年龄大一点儿的学生也参加了修堤筑坝的工作。这次防洪还调来了一个团的战士上防洪堤筑坝。防洪堤上沸腾了，杭锦旗排起了二百四十九公里长的防洪抢险战线。

时任水电局局长的王来祥深知自己责任重大，带领水利系统的干部职工迅速赶往三盛公，从西线开始巡查，每到一处，他都是在现场指挥，布置任务。他不顾一路尘土一路风雨，哪里有险情就出现在哪里。在独贵塔拉公社的刘柱拐堤段时，下起了连阴雨，雨势虽然不大，但是雨淅淅沥沥地下个不停。这场雨使防洪堤顶深陷，泥泞不堪，给修堤筑坝带来了更大的困难。车上不去，只能靠人工。河道里的滚滚洪水滔滔东流并且在持续上涨。虽然这里河面宽阔，可浊浪淘淘，河水打着漩涡，发出“哗哗”的响声，猛烈地冲刷着河床。河塄像是被切的豆腐，大块大块地倒入河水里，坍塌情况十分严重。河水慢慢地漫上了河床，逐渐淹没了裸露的河头地。

王来祥和水利系统的职工们加入刘柱拐堤段的抢险防洪队伍。雨中，人们把从远处运来的红柳、沙柳、芨芨草等背上堤顶，一捆一捆地堆起来，再把担上去的土压在上面加高堤坝。大家没有防雨工具，任凭风吹雨打，身上已经满是泥水。泥泞中，抢险人员摔倒了再爬起来，几天下来，衣服上沾满了泥土，根本认不出布的本来颜色。

黄河每次涨水，独贵塔拉和杭锦淖尔的险情总是最为严重的。下雨这几天，王来祥和独贵塔拉公社的书记张双旺一刻也不敢离开防洪堤。他们在雨中不断查看水情险情，雨虽不大，却不停地下着。王来祥和张双旺用手抹着脸上的雨水，在泥泞中遇到水坑，便连鞋带袜地直接走过去，全然不顾泥泞中的行路艰难。河水在不停地上涨，查险守险职责重大，他们的眼睛熬红了、嗓子喊哑了也全然不顾。他们在雨中紧紧盯着堤坝，细心观察每一个地方，唯恐有哪个渗水的地方被自己忽略了。雨下了几天，他们就在雨中巡查了几天，发现问题后及时采取措施。

雨停了，天放晴了，可是黄河水位还在继续上涨，而且上涨的速度明显加快了，他们知道，洪峰就要到来了。王来祥来到了独贵塔拉公社的奎素段和贡格儿段，这里历来是防洪的重点地段。只见几公里长的堤坝上，黑压压的全是人。

住在河畔的人们知道，要想保住自己的家园，守住生活的希望，就必须听从政府的统一指挥，村里的壮劳力都上堤了，老弱妇女都在抢收地里的庄稼。他们一听到汛情就自觉地行动起来了，这是全村人最要紧的事。参加防洪已近一个月了，每家每户吃过早饭就拿上工具来到堤上。担土的人低着头弓着身子，踏着堤坡上的泥土，淌着汗水，艰难地一步一步向前迈，把土运到堤顶上。他们如此这般，担了一趟又一趟。装土的人弯下腰，用力踏着铁锹，让锹深入泥土，然后双手用力端起土装入筐中，汗水顺着脸颊直淌。他们个个晒得黝黑，近一个月来，他们不顾肌肉的酸痛，咬牙坚持着。他们知道洪水的厉害，习惯了与黄河较量。他们团结一致，决心要用自己的力量与这场大自然的灾害抗衡，他们要努力保住家园。

九月刚到，第一次洪峰来势凶猛，考验着防洪堤。堤外河滩地全部漫上了水，形成了顺堤行洪的局面。洪水冲刷着水漫过的河塄，水中发出了低沉的“呜隆——呜隆——”的声音。这声音震撼着防洪坝上抢险人的心。他们知道，那是河塄坍塌的声音，这说明河水暗流湍急，非常危险。

奎素至贡格儿几公里堤上堤下的人都在不安中紧张地劳动着，他们中间甚至有人是赤脚上阵。担土的、背柴草的、打桩的，他们紧张往来于堤坝上。水在一寸一寸地上涨，防洪堤在一寸一寸地加高，这场较量异常紧张激烈。

第一次洪峰刚过，杭锦旗党委书记道布登生格在防洪堤上的人群中找到王来祥和张双旺。只见他们两个人满脸汗水，满身泥土，说话声音沙哑，道布登生格差点儿没认出他们来。这让道布登生格非常感动，也着实感到心疼。道布登生格告诉他们，又一次洪峰就要到了，预计将会以每秒六千多立方米的流量涌来，要求他们一定要保住大堤。他们立刻动员全公社所有力量投入抢险，另外，开始安排村里的老人和孩子们转移到安全地带。

果然天黑时，第二次洪峰到来了，比第一次洪峰还要凶猛，河水迅速上涨。不到一个小时，张双旺调集的又一批人也来到了堤上。只见黄河水凶猛地翻滚奔流，发出可怕的吼声。堤上有打手电筒的，有提马灯的，黑压压的到处都是人。这时的人们表现出惊人的牺牲精神，没人偷懒耍滑，为了保住家园，他们使出浑身的力气，在领导们的现场指挥下，不顾一切地奋战着。半夜时分，贡格儿的情况愈加危险起来，抗洪抢险进入了白热化。所有人都进入了一种疯狂状态，到处是紧张的叫喊声和工具的碰磕声。堤坝往高长，河水也拼了命地往高涨，决心要漫过堤坝似的。有的地方河水几乎要与堤坝持平了，浪花已经能扑到堤顶上了，形势异常危急。

道布登生格不顾众人的劝阻，登上了防洪堤顶在现场指挥抢险。见旗委书记冒着生命危险在坝顶上指挥，大家似乎什么都不怕了，可以说是挣上命地挖土、运草捆、背土袋。天亮时分，水几乎要与坝顶齐平了，人们已经筋疲力尽，眼看就要坚持不住了。就在这危急关头，有人兴奋地大声喊："水开始下降啦！"大家纷纷朝河里看去，水真的开始下降了，扑打着堤面的浪花渐渐少了，河水一寸一寸地下降。

人们总算松了口气，紧张的心情还没有平复，便听到有人在大声喊："不好了，大坝渗水了！"贡格儿段的一处防洪堤由于长时间处在高水位浸泡中，出现了渗水的情况。目前这么高的水位，防洪堤一旦决口，河水就是从二三十米高的地方向下冲涌，冲击力巨大，靠人工的力量根本无法阻挡，也无法打住决口。那样的话，大家一个月来付出的辛苦毁于一旦不说，独贵塔拉一万多人的生命财产安全也无法保证。在场的所有人都知道决口会是什么后果。

原贡格儿村的一个老汉已经坐在地上哭开了。原来贡格儿村有一百多户人家，四百多口人，都住在防洪堤的外侧。河滩肥沃的土地养育着他们，几十户人家过着安居乐业的生活。可是一九六四年黄河的一次洪灾毁灭了他们的家园。他们永远也不会忘记当时的情形。当时正值秋收季节，人们也是努力防了一个多月的洪。农历八月十六清晨，洪水悄然涌上岸，冲断了防洪二堤（为了护村，在村子外围筑的坝叫防洪二堤）。由于水来得太猛，人们来不及拿东西，只顾逃命，只身跑到了防洪大堤上。一时间堤上哭喊声一片，村里四百多口人一瞬间都变得一无所有了，只能眼睁睁地看着家园在顷刻间变为一片汪洋。水流进房子里，将房子的墙从里向外推倒，雪白的墙壁向四面倒入水中。房子里的东西在水里漂浮着，那些红色的柜子、箱子在水里打着转。"哗！"又一座房子倒了，像巨大的四瓣的白色花朵迅速开放，却又瞬间消失在水中。洪水中漂着花花绿绿的衣服、被褥、生活用品等。割倒的庄稼被河水卷入河流，漂向远方。就这样，一座美丽的村庄被洪水吞没了。

自那以后，政府不让他们在坝外住了，把大几十户人家分散安排在各个生产队安家落户。有二十多户人家搬到了这里居住，经过十几年的辛勤劳作才重新建起了个像样的家。没想到，这次又要被洪水吞没了，老汉痛心地大哭起来。

王来祥和张双旺二话没说，一马当先冲在前面，一口气跑到渗水处。忙了一夜的王来祥和张双旺遇到这一险情并没有慌乱，而是沉着地指挥着大家开始堵口工作。人们不顾一切地运柴捆、土袋子，在大坝上飞速穿梭着。没有亲自参加战斗的人是体会不到当时的那种惊心动魄的。经过全体军民几个小时的奋战，漫水口被堵住了。军民联手保住了家园。

那个哭泣的老汉目睹了这场堵口的战斗，紧紧握住浑身泥水的王来祥的手说："你们真了不起呀！感谢你们！"

杭锦旗的领导们和久经黄河洪水考验的沿河人民，在一次次的洪峰面前没有屈服，没有退缩。大家团结一致，经过一个多月夜以继日的坚守，大家守护防洪大坝，苦战洪水，最终，不屈不挠的沿河人战胜了一次次洪峰。洪水退去，杭锦旗沿河地区没有受到洪水的侵害。王来祥和参加抗洪的沿河人民保护了沿河人民的生命财产安全，得到了杭锦旗政府的嘉奖。

王来祥和水利战线职工们自防汛以来，为了随时应对突发事件，一个月来几乎都是和衣而睡。有人风趣地说，那段时间自己身上长的虱子都见到儿孙了。

防洪结束后，王来祥回到水电局，经过几天几夜的整理总结，把这次抗洪抢险工作中暴露出来的防洪堤及水利工程设施存在的问题整理出来，在总结的基础上，以全旗水利事业发展的角度，从整体管理出发，提出了很多建设性的意见。这些意见为后来杭锦旗的水利发展起到了积极的作用。

第十九章 生命的亮点

很久很久以前，在一个村庄里有一位勤劳善良的年轻人叫湾。湾从小失去了父母，一个人以卖豆腐为生。他省吃俭用，对自己颇为苛刻，衣服总是补了又补。可是，村里的穷人有困难了，他都会很大方地用辛苦赚来的钱帮助他们。他憨厚质朴，村里人都很喜欢他，也愿意买他做的豆腐，于是他的生意越做越好。村里员外家的姑娘爱上了湾，员外却不同意，说他们门不当户不对。姑娘琴棋书画样样精通，而湾只是一个大字不识的卖豆腐的穷小子，员外决不会把女儿嫁给湾的。于是员外把女儿关在家中，不让她出门。湾每天推着卖豆腐的车经过员外家门口时都会停下来，两个人无言但深情地望着对方。每到夜晚，湾坐在院子里为心爱的姑娘拉马头琴，悠扬的琴声传递着他对姑娘的深情。终于有一天，员外把女儿许给了一户官宦人家。在出嫁那天，姑娘穿上新娘的衣服上了花轿。湾站在村边远远地望着花轿，心如刀割。

在村外的路边有个面积不大的湖，方圆十几亩。湖里的水是从地下涌出来的，不论旱涝，湖水总是不会多也不会少，永远是那么平静。湖水幽绿幽绿的，深不可测。没有人知道湖水到底有多深。湖周围的芦苇特别茂盛，平时人们很少到湖边玩儿。当花轿走到小湖边时，姑娘猛得从花轿里跳出来，扑入湖里。当人们反应过来时，只看见湖面有一圈水纹，然后就恢复了平静。眼睁睁看着自己心爱的姑娘跳入湖水中的湾从此再也没有了笑脸。他依旧每天做好豆腐到村子里卖，当夕阳西下，落日的余晖照得湖面血红一片时，湾就坐在湖边拉起马头琴，悠扬的琴声里表达着湾的悲伤和凄凉。

一天，湾把自己所有的钱分给了乡亲们后，人们就再也没有见过他，不知他去哪儿了。这里的乡亲们为了纪念湾，把这里起名为马头儿湾。这段凄美的爱情故事一直流传着，那个深不可测的湖泊经过许多年的变迁，并没有消失，而是变得湖面宽阔，湖水清澈如镜，没有了那幽深莫测的神秘。

这个有着凄美爱情故事的湖泊就是现在的马头儿湾。马头儿湾在呼和木独镇境内，是杭锦旗水产公司的渔场。南面挨着库布其沙漠，北边靠着黄河，六千亩的水面浩渺开阔，碧波荡漾。它是由地下泉水、黄河水，加上南干渠渗压水形成的自然湖泊。这里是集大漠、黄河、湖泊为一体的拥有独特美景的地方。茂盛碧绿的芦苇一片一片地嵌在湖里，无数的鸭欧鸟类生活在这里。这里水质清洁，湖里除了人工投放的鱼种，还有很多野生的鱼类。深秋芦花飞扬，罩在湖面上似轻柔的薄雾，朦胧中让人产生无限的遐想。

王来祥在水利局任职时，曾兼任杭锦旗水产公司经理，经常到马头儿湾渔场处理工作。马头儿湾虽然美，却很偏僻，孤寂苍凉。这里的职工并不多，一般只有三四个人，长期留守的只有两个人。这几个人都是水产公司的正式职工，有水产专业刚毕业的大学生、中专生。二十世纪八十年代，文化生活是相对贫乏的。马头儿湾人烟稀少，物质缺乏，生活条件很艰苦。

二十世纪八十年代，年轻人对自己能找到一份正式的工作很是珍惜的，一般都会无条件地服从组织安排。杭锦旗水产公司原职工汪志刚说，那会儿，他和一位同事在这里工作了几年，是长期留守在这里的职工。他们两个人的主要工作是喂鱼、扎网箔、捕捞鱼和看护鸟类。他们平时除了工作，只能听听收音机、看看书，连个电视也没有。那时候他们也没有冰箱，吃的东西无法保鲜，新鲜水果、蔬菜相对缺乏。

这里的生活艰苦而且单调，汪志刚和同事一年多的时间中，有半年的时间住在这里，平时很少回家，有同事接替的时候才能回家住几天。这里自然环境好，有美丽的湖泊相伴，有可爱的水鸟相随，工作时间自由，可以由自己自由支配。可是，这里很偏僻，周围几乎没有人家，几公里范围内人烟稀少，道路不畅，有时几天也不来一个人。在这里生活太孤寂了。他们住的地方紧靠沙畔，放眼望去，库布其沙漠无际的黄土色是那么的苍凉。不刮风时，沙漠死一般的沉寂，静得可怕。这时，他们俩常常坐在外面，望着宁静的远方各自想着各自的心事，各自想着各自的家人。刮风时更怕人，白天，天与地浑黄一片，连在一起，张嘴就灌满嘴沙；晚上，风声呼呼作响，像是要把大地上的一切都卷走似的，恐惧感袭来，他们只能钻在被窝里不敢睁眼。不论环境怎样艰苦，他们都很珍惜自己拥有的这份工作，同时，他们也有一种信仰和责任感，对待工作特别认真，全心全意地把工作做好。所以，他们整天忙忙碌碌的，有时会忘记寂寞和苦闷。公司的领导也会经常来这里看他们。

汪志刚说："记得一九八五年初春，湖里的芦苇还是冬天的样子，枯黄的苇叶成片成片地卧在湖面上。湖上的冰开始慢慢变颜色了，由青绿变成白色，冰开始融化。"

王来祥自从调到杭锦旗水利局后，下乡路途遥远且不好走，他无法再骑自行车了，便换成了摩托车。

那天刮着黄风，王来祥骑着摩托车从杭锦旗出发了，路很不好走，搓衣板似的路颠得很厉害。遇到沙地时，他还得下来推着摩托车走。锡尼镇到马头儿湾渔场两百六十多公里路，他整整走了一天才到。

汪志刚说："王来祥虽然一路风沙，浑身尘土，但还是那么精神，在他的身上，似乎永远看不到疲倦的感觉。"

王来祥经常骑着摩托车来渔场，没有一点儿领导的架子，为人很随和。汪志刚他们在王来祥面前并不感动拘谨，上下级之间相处得很融洽。

吃过晚饭后，汪志刚和同事与王来祥一同站在湖边，汪志刚告诉王来祥，冰还没有完全融化，想到网箔那里，得敲开一条水路才行。王来祥看着一汪液水在月光下闪着光亮，高兴地说："明天就准备划子（划子是木板做的小船，捞鱼喂鱼进湖时才用，已有些破旧）敲冰开路，做好准备就捞鱼。"

第二天吃过早饭，王来祥划着划子，拿着工具，开始敲冰。用了两天的时间，一条通向网箔的水路开通了。到第四天傍晚，他们已经把捞鱼的工具和划子准备好了，渔民也雇好了。一切准备就绪，天亮就可以捕鱼了。

第二天早晨，湖面上有一层淡淡的雾，远处的网箔有些看不清楚，几个人信心百倍，吃了早饭后走向湖边。他们留下一个人在岸上做饭，王来祥、汪志刚和渔民一共三个人划着划子出发了。这时，太阳升高了，晨雾已经散去，网箔清晰可见。来到网箔，三个人开始捕捞。这是开春第一次捕捞，经过一个冬天，鱼已经在不知不觉中从网箔的迷宫中聚在了鱼窝里。一网下去，捞起来满满的一网又肥又大、欢跳乱蹦的鱼，着实让人兴奋。

王来祥虽然年过半百，但干体力活还是没人能比得上。他除了指点汪志刚不大熟练的捕捞技巧，几乎是不停手地捕捞着。一网一网的鱼捞上来，倒在了划子里，让人兴奋不已。捞鱼虽然累，但是由于非常兴奋，他们忘记了饥饿和疲劳，也忘记了时间，直到捞满了划子才停下来。

那时，人们的力气就像泉水一样，永远使不完。劳动强度这么大的体力活儿他们一口气干了五六个小时，丝毫没有减弱他们往回返的力气。此时已经是后晌了，他们用力地划着桨。划子平稳地行驶在平静的湖面上。他们这次捕捞的鱼足有两千斤，这是一个不小的收获，也是他们辛苦扎箔、喂养的成果。三个人的脸上洋溢着用劳动换来的喜悦和幸福，谁也不会想到，此刻正隐藏着一场危险。

离湖岸大约还有两百米远时，由于划子破旧，装的鱼又太多太重，木板间的裂缝裂得更宽了，湖里的水往划子里灌。可是一开始，他们三个人谁都没发现。不一会儿，划子里的水已经满了，超出了划子的承载力，划子开始慢慢下沉。三个人用尽力气往前划，想尽快划到岸边。可是于事无补，划子眼看就要沉入水里了。

当时渔场的条件很差，连一条水裤都没有，更不用说救生衣了，他们三个人当时出发时没有穿戴任何安全装备。更为重要的是，汪志刚不会游泳，湖水有三四米深，如果他掉进湖里，肯定会被淹死的。遇到这种情况，汪志刚脸色大变，心想：这下完了。他脑子全乱了，慌乱地、不知所措地拼命划桨，脸色惨白。

“扑通”一声，汪志刚和渔民还没反应过来，就看见王来祥纵身一跃，跳到水里，非常敏捷地用肩扛起快要沉的划子。汪志刚和渔民吓坏了，同时喊了声：“王局长！”

王来祥只是说：“快划！”

由于少了一个人的重量，而且划子又被王来祥用肩扛了起来，他们感觉能划动了。船上的两个人拼命地往前划。王来祥用肩扛着划子，脚踩着水，手划着水。划子在他们三个人的共同努力下，快速向前移动。

虽然已经是春天了，但冰凌碴子水还是冷的刺骨。王来祥奋力向前游着，寒冷毫不留情地侵入了王来祥的全身，他感觉冰冷的湖水像针一样扎得他浑身刺痛。在这生死攸关的时刻，王来祥全然不顾自己已经开始发麻的双腿，一门心思只想把划子送上岸，因为划子上有两个鲜活的生命。他忘记了彻骨的寒冷，全力应对着眼前生与死的竞赛，脸上展现出一种刚毅的神情，有股一定得把划子送到岸上的劲头。

划行了一百多米远后，王来祥感到身体愈来愈沉重，双腿愈加僵硬。十米……八米……还有三四米时，王来祥感到体力不支，身体像有人在往下拽。就在这关键时刻，划子上的汪志刚看到水里的王来祥动作明显迟缓了，用力抓住王来祥的胳膊一拉，王来祥顺势用尽了全身的力气，把划子推到了岸边。汪志刚和渔民两个人迅速跳上岸后，又赶紧把王来祥拉上来。此时的王来祥已经站立不稳了，身子抖得厉害，已经冻得说不出话来了。看见他们俩已经安全上岸，王来祥瞬间瘫倒在地。

王来祥冒死救了他们两个人的生命。

汪志刚说："王局长就像铁人王进喜一样，毫不犹豫地跳进了水里。"老局长那纵身一跃跳到水里的情景，清晰地刻在了汪志刚的心里，这么多年过去了，这一幕仍像昨天发生的一样，清晰可见。

在冰水里游了两百多米远，凭王来祥的体质和水性，如果不管划子，他自己是不会有危险的。可是为了救汪志刚和渔民，王来祥扛着划子游两百多米，是在和死神赌命。真不敢想象有谁能真正做到舍己救人，但是，王来祥做到了。

在王来祥的人生信念里，心里永远装着别人、想着别人。他是一名共产党员，他的一生就是为人民服务的。这一信念和坚强的意志让他不惧死神，不惜以命去践行一名共产党员的使命。

这是一场在生死面前对人性的考验，也是对一名共产党员在危险时刻做何选择的考验。

王来祥在一九六四年面对洪水时，一跃跳入水中，为了沿河人民，经历了一次生与死的考验。这一次，年过半百的王来祥又一次一跃跳入水中，为了两个人的鲜活生命，在千钧一发之际，他没有做任何思考，毫不犹豫地跃入水中，游出了人生最壮丽的弧线，释放出生命最闪耀的光芒。

王来祥的生命在闪耀中显出灿烂，在平凡中显出真实。他以生活中的平凡内容充实着生命，绽放出绚丽的花朵。

第二十章 厚重的爱

★事迹总览
★媒体报道
★人物评述
★作品赏析

扫码获取

/第二十章/ 厚重的爱

一九八六年刚进入春天就开始刮风了。这个春天风特别大，也特别多，一场接着一场。马头儿湾的风刮得更是起劲儿，库布其沙漠被风一吹，沙子弥漫开来，犹如浓重的黄雾，笼罩着大地。

这天吃过早饭后，就刮起了风。虽然风不算太大，但是黄色已经把天和地连在了一起。就在这样的天气里，王来祥和汪志刚他们两个小青年一起到渔场干活儿，午后才把营生做完。他们把工具收拾好，就向刀图出发了。

王来祥的心里很着急，“独锡线”工程一直牵着他的心。这项工程的前期勘测论证工作进行了两年多，现在已经到了关键阶段，这是杭锦旗的大事。勘测队这两天要进行最后阶段的工作了，他处理好这边的事情后，得尽快赶回旗里与勘测队会合。因此，干了一天活儿，连饭都没顾上吃的王来祥急急忙忙赶往刀图。

天公不作美，太阳快落山了，风还没有停，这样的天气很少有人进入沙漠。在当时那个通讯落后的年代，走进沙漠就与世隔绝了，与外界联系不上，万一迷了路，弄不好就会永远地留在沙漠里了。车只能停到哈劳图甘草厂。刀图距哈劳图甘草厂有十多里路，在库布其沙漠的腹地，是浩瀚沙漠里的一汪清水，就是现在的旅游胜地七星湖所在地。

三十多年前，七星湖没有现在的美景，只有一片荒凉。刀图这片海子长着茂盛的芦苇，有很多鸟类栖息在这里。这里也是杭锦旗水产公司的一个天然渔场，有人管理。刀图海子里产的野生鲫鱼又大又肥，有四五斤重。可惜那时运送鱼的条件太差，这么好的鱼在夏天很难运出沙漠。有人把刀图海子的活鲫鱼背上，走出沙漠时鱼已经臭了，吃不成了。现在刀图海子里野生的、放养的鱼很多，有二十多种。

从哈劳图甘草厂到刀图渔场全是沙漠，只能步行，周边是无人区。眼看太阳落山了，两个小青年想在甘草厂过夜，等第二天天亮了再走。王来祥对他俩说："十来里路，一个小时就到了，再坚持一会儿，天黑就能到了。"两个小青年听后不好意思留下来，只好跟着王来祥向刀图走去。

太阳快落山了，风越刮越大，黄风席卷大地。夕阳的余晖与狂风卷起的黄沙搅在了一起，天空呈血黄色，给人一种不安和恐惧感。走到半路时，王来祥看两个小伙子又饿又累，走得越来越慢了，就鼓励他们说："不远了，咬咬牙，一圪奔子就到了。"汪志刚后来回忆那段经历时风趣地说："沙丘是高低不平的，走起来实际距离就翻倍了，哪有王局长说得那么轻松。"

风继续无情地刮着，他们三个人继续艰难地走着。太阳已经下山了，血黄色的天空慢慢地变成了灰黄色，后来变成了黑灰色。这时，天空中没有星星，也没有月亮。慢慢地，天黑了，整个沙漠被黑暗吞噬。“一圪奔子就到了”的地方，他们三个人走了三个多小时，而且还没走到。他们的周围除了风声就是一片漆黑，别的什么都看不见。他们三个人心里都明白，他们迷路了。

沙漠中昼夜温差很大，夜晚犹如回到了冬天，冻得人直哆嗦，加上早已饿得前胸贴后背，两个青年浑身直打战。天空低的似乎伸手就能触摸得到。阴冷的风不停地呼号着，周围是隐约可见的远远近近的黑影，像妖怪似的直往他们身边靠。想到走不出沙漠的后果，两个青年的心里是极度的恐慌和绝望，紧张地让人喘不上气来。

在黑夜里，又刮着风，什么都看不见，辨不清方向。就是在白天，风把脚印全刮没了，他们也可能走不出去，更何况现在是晚上。两个人越想越怕，越想越后悔，又冷又饿又怕的两个人开始埋怨王来祥：“还不如住在甘草厂呢，现在迷路了。这回找不到刀图渔场了，也走不出沙漠了。”

王来祥与生俱来有一种对他人的关爱之情，对他俩的埋怨一点儿也不生气，用手温柔地抚摸着他们的头说：“有我在，不会有事的。”看着他们冻得直发抖，他一手搂一个，让他们紧紧贴着自己的身子，尽量用自己的身体给他们取暖。汪志刚紧紧靠着王来祥的身体，心里顿时有一股暖流升腾起来，不由得有了一些安全感，恐慌的情绪也缓解了许多。汪志刚努力让自己往好处想，觉得自己最担心的事不会发生，也许他们不久就能找到刀图渔场了。

王来祥不让他们停下来，说再累也得硬撑着往前走，这样才不会被冻坏。他们俩抓着王来祥的胳膊，绝望的情绪慢慢消失了，紧贴着王来祥的身体，鼓足了劲儿，艰难地一步一步往前走着。他们在心里默默盼着风快点儿停下，月亮快点儿出来。

不知走了多久，也不知走了多少路，风慢慢地停了，飘浮在天地之间的沙尘渐渐散开了，缝隙中露出了幽蓝色的天空。然后，沙尘就像被撕碎了，悄无声息地落在了大地上。凄凉的夜空中出现了几颗闪闪发亮的星星，还悬挂着一轮血色的月亮。汪志刚回忆说，那时他才看清了，也明白了那些总是向他们靠过来的黑影，是由于自己紧张过度而产生的错觉，那些黑影其实是沙漠里的沙丘。慢慢地，天上的星星多了起来，月亮也褪去了血色，在宁静幽蓝的天空中展现出自己的银辉。月亮把银光投向了大地，这时展现在他们眼前的只有没有尽头的连绵沙丘，没有任何别的东西。

没有了风，沙漠死一般的宁静，整个大地都在沉睡之中。他们三个人站在一个较高的沙丘上，观察着周围的一切，努力辨别方向，思考着该朝哪个方向走。

汪志刚说："原以为有了月亮，会看到我们要去的地方，可是没有。当时，我只看见无垠的沙漠伸向远方，不知道东南西北，根本不知道该朝哪儿走。"汪志刚双手交叉抱在胸前，一屁股坐在了沙子上，失望、寒冷、饥饿交织，绝望的情绪卷土重来，他感觉自己就要死在这沙漠里了。他的同事和他一样，绝望得快要哭了。

王来祥镇定地观察了一会儿周围的环境，又看了一阵子星空，走过来，拍着他们俩的肩膀，肯定地说："小伙子们，走吧，咱们能找到刀图。”

他俩半信半疑地跟着王来祥走着，那时，根本不知道是朝着哪个方向走的。走了大约半小时后，他就看到了远处明晃晃的一片。他们两个高兴地喊了起来：“刀图海子！找到了，我们找到了！”看到了要去的地方，他们悬着的心放下了。他们俩完全没有了绝望的情绪，忘记了先前对王来祥的埋怨，只是一个劲儿地问：“王局长，你是怎么找到的？”王来祥说：“凭着记忆，再通过观察星星判断方向找到的。”

回忆起那次迷路，汪志刚说：“我真是佩服王局长超强的记忆和判断方向的能力。那天要不是王局长，我是肯定走不出来了。”

看到了目的地，腿上似乎也有劲了，他们快速来到了海子跟前。当时已是初春了，海子有了液水（冰面上的水），大约七八寸深。他们俩正脱鞋准备淌水时，王来祥说要背着他们过去。这可不行，两个年轻的后生怎么能让一位五十多岁的老领导背呢。可是，王来祥厉声说：“看你们俩现在的样子，我怎么忍心让你们淌这冰水！来！上来！”他俩当时的样子确实很狼狈，身体缩着，冷得直打牙磕子。不容他们再推脱，王来祥把他们一个一个地背了过去。

王来祥就这样，淌着刺骨的液水，在冰上走了两趟。汪志刚在王来祥的背上，心里有种爱的情愫在慢慢滋生，是那么的温暖。这种爱是厚重的，是无法用语言表达的。王来祥给予他们这样的爱护，已经超越了领导对下属的爱护，是一种长辈对晚辈的爱护。对于王来祥的这份情，汪志刚和他的同事也许无法做什么，但他们知道，在人生的路途上不被困难所羁绊，勇敢面对，努力拼搏，就是对王来祥最好的报答。

他们回到场房时已经是后半夜了，渔场的同事赶紧把火炉生着，烧火做饭。不一会儿热气腾腾的饺子端上来了。吃饭时，渔场的同事告诉他们，这饺子的肉馅是前几天他去旗里时，王来祥从家里拿给他们的，就等着汪志刚他们来了吃。那顿饺子深深地刻在汪志刚的记忆里，永远也忘不掉，那是他一生中吃得最香的一顿饺子。

王来祥平时对他们的生活非常关心，二十世纪八十年代刚刚改革开放，人们的生活条件还很差，特别是在这偏僻荒凉的沙漠之中，条件就更差了。由于工资不高，他们平时舍不得买肉，这里也没有冷冻设备，天暖了就很少能吃上肉了。王来祥来的时候，经常会给他们带些肉。王来祥说："给你们改善改善生活，我也能沾光吃上顿好的。"其实，那些肉都是王来祥花自己的工资买的。

汪志刚他们在马头儿湾工作的几年里，王来祥不但在生活上关照他们，更在工作上关怀、鼓励他们。王来祥对他们要求特别严，不容有半点儿马虎，更不容因懒散行为而误了工作，谁吊儿郎当的他就会狠狠批评谁。

王来祥一生正直，刚正不阿，很反感对上一套对下一套的人，特别是对弄虚作假的事从不姑息。对他们这些刚步入社会的年轻人来说，王来祥就像是及时雨，滋润着他们的心田，指引着他们人生的路，给了他们父亲般的爱。

在岁月的长河里，总有那么一些场景令人刻骨铭心，总有那么几个人让人永生难忘。王来祥是汪志刚永远敬佩的人，刻在了汪志刚的记忆里，永远也抹不掉。

第二十一章 『独锡线』的勘测

★事迹总览
★媒体报道
★人物评述
★作品赏析

扫码获取

王来祥深知杭锦旗土地贫瘠，财政收入少。他坚守着一名共产党员的职责，为国家利益着想。不论是在公社工作的几十年里，还是在机关单位工作的时候，他都发扬着已经根植于他生命里的勤俭节约、艰苦奋斗的精神。

王来祥刚到水电局的时候，局里办公条件很差，干部职工们挤在一间办公室里办公。一九八〇年初，政府拨款给水电局盖办公室，在施工期间，为了给政府节约资金，身为局长的他带领着本单位的职工们一起参加劳动。他们用单位的汽车往工地拉水、拉砖，拉回砖后，他和同事们一起卸砖，不花钱雇人卸。工程期间会产生很多建筑垃圾，磕磕绊绊的，人和车行走都很不方便，王来祥带领职工们及时清理建筑垃圾，保证道路畅通。

有一次，一位牧民到水电局找局长办事。他不认识王来祥，看看办公室里没人，院里有几个人拿着铁锹铲土平院，看上去没有一个干部模样的人，以为是工地上的工人们在干活，就在一旁坐着等。王来祥走过去客气地问他：“有事吗？”他也没多说，就说是在等人。不一会儿，一位职工过来喊："王局长。"其中一位拿着铁锹的人应了声："有事吗？"

牧民惊奇地打量了王来祥许久，觉得王来祥整个人看上去就像是个健壮的工人。他想象中的局长不是这个样子的。牧民还是有点儿不相信，小心翼翼地问："你就是王来祥局长吗？"

"我就是。"

"真让人想不到，我就是要找你呀。"

王来祥笑了笑，领着那个人到办公室去了。

在王来祥的带领下，大家积极地参加工地劳动，使工程进度加快了很多。年底，全体职工把新盖的办公室打扫得干干净净，高兴地搬了进去。坐在新办公室里，大家有种自豪感和幸福感，因为建造这座办公室，他们流过汗水，付出过辛劳。后来有些老职工把盖办公室的事情当作一种荣耀，很自豪地讲给年轻人听。这不仅仅是一种体力劳动，而是体现了一种精神。

党的十一届三中全会后，我国开始了改革开放，在全国经济大发展大改革浪潮的推动下，杭锦旗的领导们开始了思考、讨论、调研，总结出了贫困的根源是"亏在水上、慢在路上、误在电上、穷在工上"。找到了根源就有了工作的方向和目标，杭锦旗很快制定出工作的指导方针——水当家、路先行、电启动、工致富。

作为水电局局长的王来祥深知自己肩上的担子有多重，旗里制定的四项工作目标中，自己所在的单位就承担着两项——水和电。同时，他也很兴奋，觉得自己很幸运，赶上了改革开放，能放开手脚干一翻事情了。王来祥脑海中出现了那些无电区的农牧民们渴望用上电的神情。解决长电刻不容缓，王来祥大胆地提出发展经济必须先解决杭锦旗无长电的具有建设性的意见，旗委、旗政府对此十分重视。于是，王来祥多次召开单位领导班子会议，拟定上长电项目的方案。他和项国成两个人多次向上级领导汇报，最终拟定了从独贵塔拉到锡尼镇架设110千伏输电工程（以下简称“独锡线”）。工程规划得到上级批准后，他们开始考察论证。

一九八三年春天开始进行“独锡线”的勘测和考察工作，进行水文和地质结构的论证。那时的杭盖地人烟稀少，特别是梁外的牧区，几十里才能遇到一户牧民，居住非常分散。这里还有很多地方是无人区，几乎没有路，而且地貌复杂，自然环境恶劣。梁外地区的干沙梁植被稀疏，是一片茫茫原野，大部分地面是裸露的。一到冬天，杭盖地的原野只有一个颜色——土黄色。遇上刮风，天和地就连在了一起，连太阳都会变成昏黄色。这里一年里有半年在刮风。在这样的环境里勘测线路，又没有先进的仪器，条件是非常艰苦的，困难之大是可想而知的。

王来祥从调到水电局后就有一个想法，即从独贵塔拉变电站架设一趟长线到锡尼镇，只是这项工程的工程量太大，杭锦旗财政承担不起这样大的工程的资金。对于当时的杭锦旗来说，这样大的工程，没有国家财政的支持，靠他们自己的话就只能是想想了，是不可能实现的。现在，项目批下来了，完成“独锡线”的勘测工作是杭锦旗的一件大事。这关乎杭锦旗能否结束无长电的历史，关乎杭锦旗未来的经济发展。王来祥深知勘测过程中的困难和艰辛，一马当先加入内蒙古设计院线路勘测的团队之中。他对杭锦旗的地理环境很熟悉，能给勘测工作带来一定的帮助。

王来祥不但非常熟悉沿河地区的地形，而且对梁外地区的地形也很熟悉，孔兑有几条，哪条的源头在哪里，又流向哪里，哪里是无人区，哪里有农牧民居住，他都说得上来。他一直以来坚持的工作原则是“光听不看，只知一半。亲自看看，掌握了再干”。一九七九年调到水电局后，他经常骑着摩托车下乡了解情况，用几年时间，把梁外地区跑遍了。在这次勘测工作中，他就是一张“活地图”，给勘测队带来了很大的帮助。

二十世纪八十年代，杭盖地的春天风和日丽的天气很少，一般都在刮风。王来祥和勘测队员们就在这样的天气中开始了“独锡线”的勘测工作，为这条线路寻找最佳、最短的路线。早上，他们把车尽可能地开到离勘测地点近一些的地方。王来祥和勘测队员们一样，背着仪器步行到一个沙梁，测量完了再步行到下一个沙梁继续测量。就这样，他们一测就是一整天。中午由于风沙大，他们不怎么吃饭，到后来天气暖和了，他们才带点儿干粮，中午的时候在野外啃几口干粮就是午饭了。

一天早上，王来祥和勘测队员来到勘测地时天已经刮起了风，起先风不大，他们就一边走一边测量，不知不觉已经走出去三十多里路了。中午刚过，风越刮越大，黄沙漫漫，铺天盖地。空气中卷着沙尘，刮得人张不开嘴、睁不开眼。王来祥和勘测队员们只好往回返。

可是，他们背着仪器，又是顶风，每走一步都很费力，实在走不动了，就坐在地上歇一会儿。可是，狂风好像要吞掉他们几个似的，疯狂地怒吼着，使劲地刮着。这附近没有牧民住户，荒无人烟，他们只能继续艰难地走着。太阳落山了，风还是起劲地刮着。他们几个人都是又饿又累，已经筋疲力尽了。王来祥鼓励他们要坚持住，一定要在天黑前走到停车的地方，不然到了晚上，在这样的天气下会迷路的。他们一步一步地往前挪，三十多里路走了七八个小时，终于走到了车跟前。

此时，天黑得伸手不见五指，王来祥说到半夜时风可能会停，建议大家坐在车里等着。到了晚上十二点多，风果然小了很多，天空中慢慢有了些微光。风渐渐停了，月亮高高地挂在天空上，躲藏在昏暗里的星星也都露出了笑脸。他们这时才开着车往回走，回到家时天已经蒙蒙亮了。

与风相伴，与雨相伴，与雪相伴是常有的事。王来祥和勘测队员们不畏环境的恶劣，迎难而上，干劲十足，好像不知道累似的。在勘测过程中他们迎击一个又一个困难，有时也经受着一次又一次生与死的考验。

在勘测中，想不到的危险会经常发生，在一次次生与死的关键时刻，考验着队员们的智慧和勇气。

夏季的一天中午，骄阳似火，王来祥和勘测队员们在毛不拉孔兑沟底的一处有阴凉的旮旯里，围坐在一起吃着干烙饼，喝着从沟里舀的凉水。他们准备在沟里午休一会儿再继续工作。天气炎热，没有一丝风，突然，天气变得闷热得让人喘不过气来。王来祥站起来看了看天空，阳光灿烂，由于在沟底，他看不到远处。还没来得及仔细思考，就听到远处传来了几声闷雷。不好，有雷雨！王来祥说怕有山水，让队员们赶紧收拾东西上塄畔。有的队员还开玩笑说："有太阳没云彩，怎么可能发山水，王局长讲'天方夜谭'了。"那个队员的话音未落，就听到沉闷的轰隆声。没有经验的人不会知道这样的情况会发山水，更不会想到危险就在眼前。

王来祥厉声让队员们快点儿离开。大家慌忙爬上塄畔，还没站稳，一股一米多高的洪水便翻滚着，卷着草渣、树枝、乱石从上游涌来，怒吼着经过他们的面前，又向下游奔去。洪水的淫威让他们心惊肉跳，浪头过后，王来祥指着刚才他们休息的地方让大家看，着实让几个小伙子吓了一跳——刚才他们坐的几块石头已经被洪水卷得没了踪影。要不是他们跑得快，就和那几块石头一样了，想想都觉得后怕。

事情还不算完，王来祥抬头看看，远处的乌云一层一层地占据着天空，黑压压的由南向北压过来，眼看一场雷雨就要来了。他迅速用目光搜寻了一下周围，发现不远处有一间低矮的土房子，就让大家到土房子里去躲雨。几个人背着仪器，差不多是用百米冲刺的速度跑到了土房子。到了土房子一看，这里应该是已经有几年没人住了，木质的门窗都已腐烂，七斜八歪的。但房顶还没有塌陷，能避雨。王来祥让大家站在靠门口的地方，担心大雨来了房顶有可能会塌下来。大家刚刚把心放下来，只见天空划过了一道"之"字形的闪电，紧接着一声炸雷震耳欲聋，让人胆战心惊。随后，暴雨像天河决了口似的倾泻下来，狠命地砸向大地，砸在土房子的房顶上，好像顷刻要把这里砸烂吞没掉。

这阵雨来得快去得也快，雨随着云向北移去。突然，房子发出“吱嘎……吱嘎……”的响声，王来祥大声喊：“快出去——”几乎是他们跑出来的同时，房顶蹋了，他们又经历了一次有惊无险的大考验。

在寒冬季节，勘测工作也没有停过，王来祥和堪测队员们在凛冽的寒风中背着仪器，一步一步走在荒野里，测量打桩，奋力工作，只有在大雪天无法到测量地时才会休息几天。

寒来暑往，整整三年，王来祥和勘测队员们经历了无数次生与死的考验，克服了无数个困难，在“独锡线”上来来回回，反复勘测，一次又一次论证，终于在一九八六年第二季度初，完成了打点、绘图的任务，确定了全长一百零五公里的“独锡线”最佳路线。

在勘测“独锡线”的过程中，王来祥和水电局的职工们付出了很多辛劳。他们为后来杭锦旗电力事业的发展奠定了坚实的基础，积累了宝贵的经验。在这样艰苦恶劣的环境中，王来祥从来没有喊过一句苦。是什么力量支撑着他一如既往地奋力拼搏？是一名共产党员的使命，是一名水电局局长肩上担着的任务——让杭锦旗人民都能用上长电。

第二十二章

沙漠骆驼

杭锦旗电业局的老干部白云飞说："王来祥老局长处处吃苦在前，处处为集体、为国家节约经费。在他的身上有一种正气，共产党的信仰已经融入了他的血液。"

一九八六年盖电业局的办公室和家属房，地址在杭六中东面一片荒芜的沙蒿滩，这里有许多坟墓，有主的坟被迁走后，留下一些无主的坟。王来祥对这些无主的坟没有随便处理，他说："原本这些人安静地住在这里，是我们需要这块地方，才打扰了他们。虽然他们无人认领，但我们不能无视死者的尊严，我们要对他们有最起码的尊重和敬畏。"王来祥决定把坟里的尸骨起出来重新掩埋。为了把起坟的事做好，他亲自带着工人开挖。因为怕把棺材弄坏，所以每座坟都是人工挖，小心翼翼地轻起轻放，运到新坟地再挖坑掩好。王来祥这种精神，让人们从心底里感到敬佩。

杭锦旗总面积一点八九万平方公里，库布其沙漠横亘东西，占全旗总面积的百分之四十多。这里常年干旱，降雨少，风沙大。由于自然环境恶劣，杭锦旗在内蒙古自治区中是相对贫穷落后的。当时，整个梁外地区只有旗政府所在地锡尼镇有一座小型的柴油发电厂，发电功率六十千瓦，架设高压配电线路二点五公里，仅供锡尼镇城区居民的照明用电，其他地区是无电区。在旗委、旗政府的支持下，“独锡线”110千伏输电工程经过三年的论证、勘测，终于在一九八六年六月初开工，成立了“独锡线”指挥部。

独贵塔拉到锡尼镇的地貌是非常复杂的，要通过沿河的沼泽地段、许多条河流，还要横跨毛不拉孔兑沟，更困难的是要穿越被称为“死亡之海”的库布其沙漠。当时设备落后，仅有的机械是运输车。而且，整条线路几乎无路。在这样的环境和条件下施工，见惯了现代化机械设备的人是无法想象当时施工有多困难、多艰苦的。全程参与工程的杭锦旗电业局老干部白云飞讲起这段经历时说：“我一辈子都忘不了那二十个月里遭的罪、吃的苦。”他清楚地记得电业局的领导们和他们在一起工作生活的许多事。从施工开始，王来祥和项国成就和职工们一同起早贪黑。

架线是先从独贵塔拉和杭锦淖尔开始的，在沿河地区施工虽然有路，运输材料相对方便一些，但是这里地质结构复杂，让架线的人遭了不少罪。

这个冬天似乎比往年还要冷一些，辽阔平坦的土地被凛冽的寒风包裹着，气温通常在零下二十多摄氏度。整个大地没有一丝绿色，连绵的库布其沙漠中，沙丘裸露着黄土色的躯体，任凭寒风抽打。补拉滩成了冰的世界，无数的泉眼被覆盖在冰层下面，连那台台湾塄畔幽深莫测的三泉眼都已经被冻成了一丈多高的三个冰锥。走在外面的人们穿着棉衣，手拢在衣袖里，随着呼吸，鼻孔和嘴往外冒着白雾，眉毛上都结了冰霜。

就是在这样寒冷的天气里，王来祥和白云飞等人在野外，顶着寒风，与架线的工人们一起施工立杆。数九寒天，地冻得像石头一样硬，人们费劲地挖着，好不容易挖出二尺多深，把冻层挖完了，结果下面是流沙。挖有流沙的桩坑是最艰难、最受罪的。没有机器，完全靠人工挖。坑坍塌严重，越挖越大，一个小坑能旋成二十多平方米的大坑。王来祥想了许多办法对付流沙，穿着水裤在坑里和工人们一起立挡板、放围板、抽水、放石盘……他们昼夜不停地奋战三四天才能完成一个桩。

要知道，二十世纪八十年代的杭锦旗是很落后的，没有先进的机械，就连普通的机械也少得可怜，他们是在那样的环境里用双手竖起一根一根输电杆的。当时人们穿着水裤在坑里挖流沙，水裤一有裂缝，水就灌进去了，经常是一出坑就会有种刺骨的冷侵入体内，就连骨头缝里都是冷气，让人承受不住，瞬间抖得无法控制。他们的手脚连冻带沾水，都是血裂子。特别是手，挖流沙沾上水，一见冷风，手背立刻就像被擦子擦过了，细碎的血裂子布满手背。他们的每个手指头上除了茧子就是血裂子，手摸一下脸，就像有刺一样划得生疼。用温水泡脚对他们来说简直就是受刑。手脚往水里一放，血裂子钻心的疼。尽管这样，王来祥还是督促他们要经常泡脚，泡完了再监督他们抹上海贝儿油、凡士林等润裂子。如果不泡会更糟，血裂子会越裂越深，疼得整晚睡不着觉。

为了“独锡线”能早日送电，王来祥他们经常忙得连饭也顾不上吃，在工地一干就是一整天。就这样，他们一直干到腊月二十几才回家。还没在家休息几天呢，刚一过了年，王来祥、白云飞他们就又到工地去了。

春天来了，天气越来越暖和了，冻成石板的土地一点点往下消，土质逐渐酥松。施工的人们不用再忍受刺骨的寒风肆虐，可是新的麻烦又来了。沿河的土质上面一层黏性很大，在土没消通之前就翻浆，冬天硬如石板的路如今成了和软的面团。人走在上面都很艰难，脚踩进去得费很大力气才能拔出来。车在翻浆路上走，经常会陷进淖里，有时甚至能陷进去二尺多深。车陷进去刨土是不行的，那样会越陷越深，得衬上草捆或是椽子，一点儿一点儿地往前挪，才能把车弄出来。

沿河的春天，路难走，风还很大。风把库布其沙漠的沙子刮得满天都是，张嘴说句话，瞬间就是满嘴沙子。更糟的是在盐碱地施工，白茫茫的盐碱地踩上去“蹭蹭”响不说，带着浓烈碱味刺鼻难闻的尘土在空气中弥漫，嘴里除了沙子还有苦涩的碱土。劳动一天下来，一照镜子，牙齿都变颜色了。

当地有句俗话：“春风吹烂琉璃瓦。”春风像把精细的小刀，在王来祥他们的脸上无情地划着，细碎的风裂子布满了他们的脸庞，看上去又黑又涩，像土豆皮。

当线架到郭三梁时，王来祥他们在郭三梁的沙湾里搭建了帐篷。他们每天早上六点多吃了饭就出发了，带点儿馒头和水，中午在施工现场啃几口馒头就算一顿饭了。

当时车少，也没有性能比较好的车，架线沿途没有路，车经常会陷在孔兑的泥淖里或是明沙里。

那是个刮着黄风的下午，车陷在了毛不拉孔兑的泥淖里。王来祥和同行的人只好下车推，推不动，车反而越陷越深，他们只好刨车轮子底下的淖泥，车才开始一寸一寸地往前挪。白云飞看看跪在泥淖里用手刨车轮底下泥淖的五十多岁的王来祥，很是心疼。从“独锡线”施工开始，白云飞就一直跟着工程队风吹日晒，王来祥也跟着工程队早出晚归。有时看王来祥累得难以支撑，大家劝他在工棚里休息一天。可是王来祥总是说担心工人们的安全，说自己在工地上照看着大家比较放心。王来祥一到工地，就忘记了自己的年龄和身体状况，全身心地投入到一刻不停的劳动中，没有一点儿局长的派头。现在，他又跪在泥淖里刨泥，这样的领导让人又心疼又敬佩。

已到深夜，王来祥和白云飞他们几个人已经累的筋疲力尽了，泥糊糊弄了一身，又饿又累，还不敢在沟里待着。当地有这样一句民谣：“梁外下雨沿河晴，毛不拉洪水活杀人。”孔兑穿过大漠延伸到锡尼镇的壕赖沟，上游一下雨，这里十有八九就会发洪水。他们几个人从陡坡上爬到沟塄畔上面。附近没有人家，连一棵树也没有，沙蒿也很稀少。大家想就近找个避风的地方歇一会儿。他们好不容易找了个避风的地方，几个人挤在一起，裹紧了身上满是泥水的棉大衣，无奈地望着天上的繁星，默默地等待天亮。在这初春的夜晚，虽然饥饿和寒冷笼罩着他们，但是他们几个人还是挤在一起睡着了，他们实在是太累了。

最早醒来的王来祥看了看东方发白的天空，又看了看还在沉睡的几个年轻人，不忍心叫醒他们，便慢慢站起身来，去找柴草了。天已经大亮了，几个年轻人醒来不见王局长，以为他是到沟底陷车的地方去了，慌忙向那里跑去。他们刚下到沟底，就听到塄畔上的王来祥喊：“把柴草抱到车跟前。”只见王来祥从塄上扔下一些柴草，人也顺着坡走下来。白云飞瞪着眼睛看着王来祥，满脸惊讶，局长这是没休息吧！这一带植被稀疏，找来这么多柴草是很不容易的，况且徒手拔沙蒿苗得用多大的力气呀。

白云飞关切地问：“王局长，手划破了没？”

“没有，我有手套。”王来祥的声音有些沙哑。

看着王来祥手上破得露出了手指头的手套，白云飞没有再说什么，此刻任何语言都不如实际行动。白云飞抱起柴草走到车跟前，埋头干起活来。他们听从王来祥的指挥，把捡来的柴草垫在车前面，一段一段地倒替着垫，费了好大劲才把车弄出来，满身污泥地回到了营地。白云飞说，在施工的过程中，这样的事情太多了，记不清有多少次了，可以说是家常便饭。

在施工期间，大家吃得很单调，蔬菜很少，大部分时间里只吃主食，连一筷子咸菜也没有。有时上级部门来慰问，带来些肉和菜，工地上的人就能改善几顿伙食。

穿越库布其沙漠遇到的困难更多，大家也更遭罪。夏季，大家走进沙漠，就犹如走进了一个大烤箱，到处都是热浪，还没开始干活，就已经大汗淋漓了。中午，太阳升得老高，晒得沙子直冒热气，沙子被晒得烫人，赤脚踩上去会烫起泡。寸草不生的沙漠腹地一望无际，天是蓝的，地是黄的，除了蓝黄两色，再也找不到别的色彩。偶尔刮来一阵风，还是干燥的热风。沙漠里到处都是滚烫的沙子，连个坐的地方都很难找到，更不用说能有个阴凉的地方。王来祥他们累得不行了，只能把铁锹把并起来坐在上面休息一会儿。

在沙漠里没有充足的水和吃的东西，加上炎热干燥，人们都上火，嘴唇干裂疼还是小事，经常会出现口腔溃疡，嘴里烂得厉害，吃饭疼得直掉眼泪。不刮风时的沙漠像睡着了的大海板着个脸，仿佛是汹涌的怒浪凝固了，有股莫名的寂静，静得让人害怕。在这寂静的沙漠里，只有架线工人们干活时金属碰撞的声音和铁锹铲沙的声音。就这样，他们一直干到太阳贴着沙漠的棱线时才收工回营地。

沙漠并不总是这样温柔，有时也会变脸。刚才还是万里无云，瞬间就会乌云密布。一个响雷过后，粗大的雨点就落了下来，打在人的身上生疼，下湿了地皮就停，可人们已经被淋成了落汤鸡。这样的天气在炎热的沙漠里是很少有的，偶尔遇到一次也算是幸运的，起码还能有片刻的凉爽。就怕在沙漠中遇到暴雨没处躲，有车的时候还好，能躲在车里或车篷下面，更多的时候是没有车的。

一次，王来祥和白云飞他们去工地，小车在沙漠中寸步难行，他们只能步行进去。还没走到立杆的工地，天空就起云了。沙漠中的天气就像娃娃的脸说变就变，云还没遮住太阳，风声、雷声已经齐鸣，瞬间，雨点便劈头盖脸地打下来。沙漠里没有避雨的地方，几个人在这浩瀚无垠的沙漠中，只能是任凭风雨吹打。雨来得快去得也快，不一会儿，雨过天晴。王来祥看着湿透了的衣服，打趣地说："洗了个天然淋浴。"

在沙漠里最可怕的是遇到旋风，一股一股的旋风把黄沙卷得老高，像平地升起的大黄烟，高速飞转，这样的风会把沙丘刮得到处乱跑。他们几次遇到这样的风，还算运气好，没被卷进去。

在一个刮黄风的天气里，王来祥、白云飞还有另外两个同事在沙漠里迷路了。他们走着走着觉得不对劲，不敢再往前走了，就顺着来时的脚印往回走，可是没走多远脚印被风吹得无影无踪了。他们四个人不敢继续走了，就在一个沙丘上坐下来。天地之间黄漫漫的，辨不清方向，只能感觉到滚滚黄尘，狂风怒吼。在这样的大漠里，不论哪种生命都会感到畏惧，何况是人呢。恐惧压过了饥饿和疲劳，白云飞和几个年轻人的心情糟糕到了极点，感觉死神就在他们身边等待着机会，不一定在哪一刻就会毫不客气地拿走他们的生命。

好在王来祥还算镇定，他说："不怕，沙漠骆驼（从架线进入沙漠以来，王来祥总说大家都成骆驼了）一定能找到回家的路。"风大时他们不敢停下来，怕被风沙活埋了，于是大家走走停停，风刮了多久，他们就在沙漠中走了多久。直到深夜风才渐渐停了下来，这次，他们在沙漠中走了十几个小时。直到天空中出现了星星，王来祥才凭借星星辨别方向，带着大家走回了营地。

在穿越沙漠施工的过程中，迷路是常事，甚至在沙漠里夜行也是常事。在沙漠里夜行时，他们累了就歇一会儿再走，根本不敢睡觉，怕睡着了突然起风，被沙子活埋了。

拉材料的顺六轮卡车上不了沙丘，走不到立杆的地方，他们就把材料卸下来，完全靠人工运到立杆处。在沙漠里，每个桩点都是立两根十八米高的水泥杆。王来祥和白云飞与工人们一起，像纤夫一样，在沙海里拉水泥杆、拉线托，踏实顽强地一步一步向目的地走去。立杆时人们情绪高昂地唱着："下定决心，不怕牺牲，排除万难，去争取胜利……"

这就是王来祥的情怀，也是他领导的杭锦旗电力人的情怀，他们在艰苦的环境和繁重的工作中，没有一个人叫苦。能够让杭锦旗人民早日有长电是根植于电力人内心的崇高使命。他们以坚定的信念和顽强的意志，硬是用自己的双手，在大漠中竖起一根根电杆。每当完成一对电杆时，他们都会忘记疲劳，忘记遇到的一切困难，在大漠里尽情狂欢。

出了大漠，到了大营，施工也没有轻松很多，他们一直沿着毛不拉孔兑沟的两边交替着立杆。春天沟底是翻浆泥淖，无法通车，靠人工扛着送材料。遇到发洪水车无法过沟，只能等洪水小了人们再扛着材料淌水过沟。为了按时完工，从施工一开始，他们就早上六点多准时出工，晚上收工就没个迟早了，除了过年回家歇几天，平时没有休息日。

在大营架线的那个冬天，是王来祥和白云飞他们遇到的最冷的一个冬天。早上六点多天还没完全亮，王来祥他们就坐上拉材料的卡车赶往工地了。车上没有任何遮挡，飕飕的冷风从衣领灌入，让人冷到了骨髓里。到了工地，人们已经浑身都是尘土了，脸和土是一个颜色，眉毛上、眼睫毛上都结着土灰色的冰珠。腿冻僵了，下不了车，下车后得使劲跺脚、搓手，不然无法工作。特别是在几十米高的杆子上作业时，那种冷是无法描述的，现在想起来还能感觉到彻骨的冷……讲述者淡淡描述的故事让我从心底佩服这些电业工人，正是这满身的泥土道出了他们的艰辛。

白云飞说："王来祥和项国成两位领导在整个施工过程中轮替跟班，只要来到工地，不论刮风下雨，还是冰天雪地，都和工人们一样出工劳动。特别是在安全方面，王来祥局长抓得很紧，两年的施工时间，没有出现过一起安全事故。恶劣的自然环境，艰苦的生活条件，都没有让他们退缩。"

"正如王来祥局长说的：'我们是骆驼，坚信沙漠那边是绿洲。'"白云飞动情地说。

王来祥和电业工人们用血肉之躯，用他们的坚毅和刚强雕砌了一座不朽的"独锡线"丰碑。经过整整一年零八个月的奋战，一九八八年二月八日，"独锡线"开始送电。送电那天，杭锦旗锡尼镇满街都在燃放鞭炮，到处都洋溢着喜悦之情。居民们欢呼着："长电来了！"王来祥站在电业局办公室的窗前，在心里默默说："从此，杭锦旗结束了无长电的历史。"

夜幕降临，锡尼镇灯火辉煌，流光溢彩。锡尼镇亮堂了，杭锦旗亮堂了，杭锦旗人民心里也亮堂了。从此，杭锦旗电力事业开始一步步走向辉煌。王来祥为杭锦旗电力事业的发展奠定了坚实的基础，也为杭锦旗的电力事业做出了不朽的功绩。

第二十三章 家乡情

/第二十三章/ 家乡情

每个人都有不同的经历，经历着不同的磨难。可是，对人生认识的不同，会直接影响其生活方式，在生活的过往中也会有不同的播种与收获。

王来祥以他的人品做底子，用他的生活方式走着他的人生之路。在他的人生过往中，留下了这样的名声："那是好人"，"那人才正直呢"。

一九八一年农历腊月二十八这天，一大早，王来祥一家人提着大大小小的包来到杭锦旗汽车站，买票的人排着长长的队，等轮到王金宝买票时，只有三张有座票，两张无座票了。那时，车少人多，不论发往哪里的班车，都是一天最多两趟，要不就是一天一趟。在这种条件下，班车一般都是超载的。这是发往东胜的班车，没有空调的车上中间的走廊也站着人，行李架上已经塞满了，放不下的行李就塞在座位底下，甚至连脚下都有行李。班车在高低不平的土路上颠簸得很厉害，车里的乘客被颠得够呛，有的人晕车甚至呕吐了，车里的空气糟透了。汽车摇摇晃晃地走了一上午，中午才到东胜，王来祥一家人下了车连午饭都顾不上吃，赶紧买到达拉特旗的车票。他们的运气还算不错，票买到了，不过只能站着。好在东胜到达拉特旗路程不远，站不了几个小时。

到了达拉特旗已经是下午四点多了，他们赶紧吃了口饭又出发了，到李祥圪堵村还有十几里路要步行，他们得抓紧时间赶路。

寒冬腊月，天很冷，走在野外的土路上，王来祥关切地问十一岁的女儿冷不冷。王金茹搓了搓手说："刚走开身上还觉得冷，走着走着就不觉得那么冷了，脚也不像刚才似的冻得生疼了。今天没有去年回家过年的时候冷。"

新婚妻子问王金宝："你们每年都要回李祥圪堵过年吗？"

王金宝对新婚妻子说："从我记事起，爸妈每年都要带我们回李祥圪堵几趟。爸说那里有二爷爷和二奶奶，有其他亲人，还有像亲人一样的李祥圪堵的乡亲们。不论天气好坏，我们都要回李祥圪堵和二爷爷、二奶奶一起过年。在独贵塔拉和杭锦淖尔时，爸妈骑着自行车背着我回李祥圪堵，后来有了妹妹，就步走二十来里路到乌拉山坐火车到包头，再坐汽车到达旗，从达旗下车就和今天一样步走着回去。"

走到汗台沟时，王金宝走在冻得十分结实的冰面上说："爸不知多少次背我和妹妹过这条沟了。这条沟每到春天都非常难走，没大水时泥泞不堪，人踩上去就把鞋踏进泥糊糊里了，有时连鞋也拔不出来，爸就背着我们走。后来我长大了，不用爸背了，爸就背着妹妹走。"

太阳落山时，王来祥一家回到了李祥圪堵。两位老人早已站在大门口等着他们了。二奶奶拉着王金宝媳妇的手，高兴地说："今年你们刚结婚，我说你们就在旗里过年呗，那里条件好，也省得一路上受罪，结果你们还是回来了。"

等到大家都坐好了，两位老人把早已做好的饭从锅里端出来，是热腾腾的馒头和烩菜。王来祥看着二老高兴得忙前忙后为他们做好吃的的样子，心里就有种家的温暖，涌出一种幸福的感觉。

父母去世后，十岁的王来祥来到这个家之后，每年都在这个家里过年。现在王来祥的儿子都结婚了，还是坚持回这里过年。王来祥要让孩子们明白，他是在尽做儿子的孝心。

吃完了饭，张巧荣拿出了给两位老人买的衣服、鞋子。两位老人同时说："之前买回来的还有呢，咋又买了。"

二叔穿上王来祥夫妇给买的新衣服，乐呵呵地说："你们一有空就回来看望我们，时分八节也回来。现在你们也是有儿媳妇的人了，以后得多关心你们自己才对。"

二叔转身对老伴儿说："孩子们给买的衣服一定要穿。这样，孩子们都高兴。"这是老人对儿女的赞扬，也是实实在在的道理。

一大家子人在一起，热热闹闹，欢欢喜喜，享受着天伦之乐。看着叔父和叔母的脸上洋溢着幸福的笑容，王来祥很是欣慰。

多少年来王来祥尽着做儿子的孝道，二叔尽着做父亲的责任。夜深了，叔侄俩还在唠嗑。每次见面，从工作到生活，二叔和王来祥都要互相问长问短，父子俩总有说不完的话。

二叔说："老话说，媳妇儿到门前还得个牛钱。你给金宝娶媳妇总要花费些，金茹也要上学，以后少给我这儿买东西。回来一次，花路费不说，吃的喝的穿的用的，每次都买不少，这也是一笔不小的开支。这两年我手头也宽裕了，你不用总惦记我，过几年等你缓过来再孝敬我也不迟。”

王来祥笑了笑说：“哪有过几年再孝敬老人的，我知道该怎么做，二叔你就放心吧。”

二叔停了停又说：“你现在回到旗里工作了，不要骄傲。现在政策放宽了，你可不要做势利小人，得谨防犯错误。你做事情要讲公道，能帮人就帮人，不要忘记你是党员。你要好好工作，回报国家和社会。”

二叔每次见到王来祥都要三番五次地叮嘱一番。无论这些话听了多少遍，王来祥总是认真地听着，然后认真地回答：“记住了。”

每次离别时，叔父和叔母都恋恋不舍，一边叮嘱一边相跟着送到村口。他们总要站在村口目送王来祥他们走远，直到看不见了才转身，带着对侄儿一家人的牵挂和惦念慢慢地走回家。

早晨，一吃过饭，王来祥就到村子里的亲戚家和邻居家去串门了。每次回来，王来祥都要去各家转转。望着王来祥出门的身影，张巧荣知道他出去干什么了。

几十年来，王来祥每次回家，都要到村子里的长者家里看望，带去一些生活所需品或留点儿钱。老人们都喜欢和他唠嗑。村里有人生病了或是孩子考上学校了，只要是王来祥回来，就一定会去看望，和他们唠唠嗑，再资助些钱。早些年给十元二十元的，已是他半个月的工资了。后来他的工资涨了，就给几百元到上千元。王来祥一直都是坚持自己送过去。王来祥常对家人说：“不论给钱多少，我去看望病人是一种祝福。我小时候连进小学读书的机会也没有，现在的孩子有机会到高等学府读书，我去看望是给他们一种鼓励。”

张巧荣记得那是个寒冷的冬天，王来祥到李祥圪堵的远房兄弟家串门。数九寒天的，兄弟家里都不安火炉子，家里冻的连猴子也拴不住，水缸里的水已经结了冰凌碴子。王来祥看得心里很难过，立刻到东胜买了个火炉子，送到了他家。

张巧荣深深地体会到，王来祥对李祥圪堵这片土地爱的深沉，他把李祥圪堵的乡亲们视为自己的亲人。

张巧荣有颗善良的心，她把王来祥做的这些事融入了自己的生活。在她的柴米油盐里有着感动，在她的酸甜苦辣里有着崇高，在她的人生里有着柔软细腻的情感。她帮助过很多人，有沾亲带故的，也有邻居别舍的。

早在二十世纪六十年代，他们还在杭锦旗独贵塔拉时，李祥圪堵村一位沾亲的表弟考上了高中，因家庭困难失学后，小伙子不甘心一辈子生活在这个小乡村里，想找一条生活的出路。正巧张巧荣回到李祥圪堵，听说小伙子想去独贵塔拉，就给了他路费和粮票。小伙子只身一人来到独贵塔拉，王来祥留他在自己家吃住，一直把小伙子拉扯到成家，小伙子的结婚典礼都是张巧荣和王来祥给操办的。

在独贵塔拉时张巧荣也没少帮助人。她的邻居苏明厚现在都记忆深刻。

苏明厚说，那时主要是粮食不够吃，人们常说“半大小子，吃死老子”。一个十二三岁的半大小子正是长身体能吃饭的时候，他和母亲有时连窝窝头和稀粥也吃不饱。他家是村子里最穷的，和公社家属房挨着，他家的情况干部们都知道。公社干部们经常送给他们一些菜呀、粮食呀。王来祥一家和仁钦一家很关照他们，经常给他们家送些吃的。记有一次，正是吃午饭的时候，家里一点儿粮食也没了，母亲到前院邻居家借回一碗高粱米准备做饭，他在公社家属院玩儿。张巧荣问他吃了饭没，他摇了摇头。张巧荣把他叫回家递给他一大碗烩菜糜米饭。那时他衣服破破烂烂的，在土圪洞里滚得浑身是土，手很脏，不好意思伸手。

坐在炕上正在吃饭的王来祥温和地对他说：“没事，吃吧。”扭头又对张巧荣说：“把锅里的给老婆儿端过去。”

苏明厚知道，张巧荣那顿饭一口没吃，饭都给他和母亲吃了。王来祥得知他们家断粮了，晚上就送来了几斤糜米和十来斤高粱米。二十世纪六十年代末，谁家的粮食都不充裕。张巧荣省吃俭用，经常接济他们，时分八节吃好的，总要给他和母亲端些过来，他已经记不清张巧荣给他家送过多少米、面了，但这份恩情他永远记得。

王来祥搬到杭锦旗后，家乡来寻求帮助的人更多了，有些想打工的农民来了，他不但管吃管住，还给帮忙找活儿干。有些学生娃想来这里上学，王来祥帮助学生娃们找学校，由于当时学校宿舍短缺，他们没地方住，就住在王来祥的家里。王来祥特别看重读书，他说：“人生能有机会读书很不容易，失去了会成为一生的遗憾，读书能改变一个人的命运，我们能帮就尽量帮一下。”前前后后，有十来个学生娃在他家里住过。

时间过得真快，王来祥到了退休的年龄。王来祥离开办公室那天，像十八岁时第一天参加工作一样，理了发，刮了胡子。他早早地来到办公室，把自己的物品放在一个纸盒子里。其实也没有什么私人物品，只是几本书而已。他把办公桌和文件柜整理得整整齐齐，把办公室打扫得干干净净。他环视了一下办公室，觉得没什么要收拾的了，便笑了笑，拿起那个装书的小纸盒离开了办公室，向另一段人生路走去。

上班了，电业局的同事们来到王来祥的办公室，发现没有人。保洁员告诉他们老局长已经来过了，把办公室收拾好就走了。大家因没能和老局长告别而留下了深深的遗憾。

只要对生活充满了兴趣，保持生命的活力，幸福和快乐随处都有。王来祥退休了，并没有感到失落，也没有感到孤独。他经常回李祥圪堵，看到村里的乡亲们坐在土地上聊天，心里便有了一个想法。他回东胜买了一套做木工的工具，开始自己制作小凳子。

他常到街上捡木料，一捆一捆地背回家，女儿怕他身体吃不消，劝他不要自己背，雇个小三轮车拉。王来祥没有听女儿的话，告诉女儿："体力劳动会创造快乐。"

自从做开小凳子，王来祥很忙。早上吃了饭他就开始锯木料，刨光后一根一根摆放好，然后拿着直尺量呀、画呀，整天鼓捣他捡回的这堆木料。儿子、女儿忙于工作，妻子任由他去做木匠活儿。过了一段时间，院子里摆满了做好的小木凳。孩子们惊奇地发现，父亲居然会做木匠活儿。他告诉孩子们，只要肯学就没有学不会的。他用砂纸把做好的小木凳不光滑的地方一个一个地磨平。儿子说："送人还做那么认真仔细。"王来祥认真地对儿子说："我们做任何事情都要尽心尽力地做好，哪怕只是一把小凳子。"

王来祥用一颗平常心看待生活，对他而言，生活中的每一个角落都充满乐趣，把一切平凡的事做好就行了。他把那些亲手做的小凳子送给了李祥圪堵的乡亲们。

李祥圪堵村里有位老妇人，丈夫早年去世，人们称她李寡妇。王来祥在新中国成立前当长工时大病了一场，那也是他最无助、最困苦的时候。在那个时候，李寡妇帮助过他。他当时无以为报，但他下定决心，日后有了能力定会报答。王来祥从没忘记过这位恩人，也实现了他心中的承诺。后来李寡妇生活拮据，王来祥从参加工作起，就开始一元两元地接济她了，而且每年都会去看望她。随着时间的推移，王来祥接济她的钱也增多了。几十年如一日，一直接济到李寡妇去世。王来祥对儿女们说："无论离开家乡有多远，自己有钱没钱，都千万要记着养育自己的地方，记着那里的乡亲们，要尽力去帮助他们，因为自己是那片土地的儿女。"

王来祥一生坦荡地走着他的人生路，这与妻子张巧荣是分不开的。她是个善解人意的女人。不论在工作上，还是在帮助他人方面，她很理解王来祥，也支持王来祥。王来祥一个人挣着并不高的工资，养着全家四口人，生活并不富裕。自己家省吃俭用，袜子烂了补了又补，却同意王来祥用省吃俭用攒下来的钱接济他人。多少年来张巧荣任劳任怨，夫妻俩相扶相助，家庭和睦温馨。

播种和收获永远不会在一个季节里，王来祥一生播种下的爱和付出，在他晚年最需要时得到了收获。时光慢慢地向前移动，八十五岁的王来祥觉得身体不舒服，吃饭总是打嗝。儿子王金保和女儿王金茹领着父亲到北京肿瘤医院看病，检查出患了食道癌，到好几家医院看过，医生给出的都是一个结论——只能保守治疗。回到杭锦旗养病期间，来看望王来祥的人络绎不绝，除了单位的领导和同事，还有亲戚和邻居。听说王来祥病了，达拉特旗李祥圪堵的乡亲们有的专程坐车到杭锦旗，大老远地赶来就是为了看他一眼，和他说说话，给他宽宽心。他曾经帮助过的十来个孩子，如今都进入中年，有的甚至已经是“爷”字辈了。他们从各地赶来看望他，你来陪伴几天，他来侍候几天。有的人从北京赶回来看望他，陪伴他打发病痛中的时光。这么多人来看自己、陪护自己，王来祥很是过意不去，劝他们回去，怕他们耽误工作或耽误家里的营生。王来祥那颗慈爱的心，不论到什么时候都是首先想着别人。

在王来祥生命最后的两个月里，有几个人和单位请假，轮流到医院里陪护王来祥。郭贵才甚至和单位请了长假，一刻也不离开病房。知道王来祥爱干净，郭贵才让妻子一天换洗一次床单和枕套，尽量让王来祥舒适一些。病中的王来祥显出了超人的毅力，咬牙坚持，默默忍受着痛苦，从不哼一声。陪护他的人给他读报纸，讲他最关心的国家大事，分散他的注意力，以减轻他的痛苦。

王来祥的人生，有过贫穷，有过苍凉，但内心是富有的，也是快乐的、幸福的。他的人生虽然写满了沧桑，却也充盈着温暖和感动。

第二十四章 劳动本色

★事迹总览
★媒体报道
★人物评述
★作品赏析

扫码获取

/第二十四章/ 劳动本色

恩格斯有一句名言："劳动创造人的本身。"

劳动能让人产生智慧，劳动能塑造人的秉性，劳动能让人拥有朴素的品德，劳动能给人带来财富，劳动能让人成就事业。

为了给家里添点儿工分，我十三四岁时就参加生产队劳动了。那时候，我经常能看到王来祥走进田间地头，与社员们一起劳动。在工作间隙休息时，他和社员们一样，坐在土圪塄上，一边唠嗑一边谈工作，要做的工作在田间地头就完成了，和农民群众的心也贴近了。人们都说："王来祥从来不指手画脚，和咱们农民一样。"

王来祥经常对干部们说："说一千、道一万，不如自己带头干。"他常说："农民种地打粮才是根本。"

王来祥在独贵塔拉公社工作时，住的离我家很近，是前后院邻居。在我小的时候就常听父亲说："来祥这后生，不怕苦、不怕脏、是个好干部。"由于离独贵塔拉一队比较近，王来祥经常到一队地里劳动。一队的大人孩子都认识他。王来祥经常到直卜浪渠帮助社员打渠口。当时打渠口是用草捆，人得站在水中用身体挡住草捆，再由几个壮劳力齐心协力迅速填土才能打住。遇到这种情况，王来祥总是把鞋一脱，第一个跳进水里用身体挡住草捆。渠口打住了，王来祥和社员们一样，浑身泥水，衣服全湿透了。王来祥常说：“衣服脏了不怕，洗洗就干净了。”

前段时间，我回独贵塔拉一队和几位乡亲坐在一起说起王来祥，大家都说王来祥不知给一队打过多少次渠口了。往直卜浪流水的三支渠口，到了浇水时王来祥就会到渠口打口子。有一次三队一个流水的小渠口怎么也打不住，口子越旋越大，堵口子的人正不知道该怎么办时，来了一个推着自行车的人。那人二话没说，拿起锹挖了一个芨芨圪蛋扔到口子里，连续几锹就堵住了口子，又在上面用力踩了几脚后就走了。晚上这个人回队里开会才知道，帮他堵口子的人是王来祥。

王来祥对公社干部们说：“在毒辣的太阳底下劳动，每个人都一样。我们都是为人民服务的，要保持劳动人民的本色。我们天天和农民打交道，指手画脚、高高在上的，没人愿意听我们的，那样的话，我们怎么抓革命，怎么促生产？”

王来祥不改劳动人民的秉性，始终坚持自己的原则，常将“说一千、道一万，不如自己带头干”挂在嘴边。独贵塔拉有一个农业中学，学校有块地是搞勤工俭学的生产基地。为了改善学校的办学条件，改善学生们的伙食，王来祥带领机关干部到基地搞种植，和师生们一起种地、浇水。浇水时他不分昼夜地守在田里，直到田里的庄稼都浇完了才回公社。附近的社员们看到公社领导还这样没明没黑地干活，打心眼儿里尊敬和佩服王来祥。大家常说："王来祥是位好乡长。"

刘玉祥说，王来祥是出了名的有苦数（当地方言，勤劳的意思）人，二十世纪六十年代，干部下乡基本是步行。有一次刘玉祥要到巴拉亥公社得过黄河，到乌拉特前旗才能坐上火车，独贵塔拉到乌拉特前旗有四十多里路，那时候没有车，只能步行。那时公社有辆自行车，王来祥骑着自行车捎他到乌拉特前旗火车站。当时的路都是坑坑洼洼的土路，王来祥把刘玉祥送到火车站后又返回独贵塔拉公社，来回骑了九十多里路，路又不好走，有多累是可想而知的。

那是一九七二年播种的时候，我正在读初中，每到星期日，就要到生产队劳动挣工分。记得那是一个星期天的上午，我去生产队劳动，正好缺个帮耧（牵着拉耧的骡或马顺着垅走）的，摇耧的是队长吴拉存，不知是我不会帮耧，还是这匹马认生不大听话。在地头的回头拐弯时，我有些驾驭不了，拐弯总是拐不好。这让摇耧的人很费力，种了几圈就累得够呛。又到地头了，马又开始不听话了，我使劲拉，但它就是不拐弯。正在这时，一只手拉住了马的缰绳，马顺从地拐了过来。我只顾一门心思拉马，没看见有人过来。原来是王来祥到地里找队长谈事情，看见我驾驭不了这匹马，就从我手里接过了缰绳，还风趣地说："这马还看人下菜碟子呢呀，欺负小姑娘。"说着就拉着马走进了地里。不知怎么的，这匹马在王来祥的手里非常听话，在回头拐弯时非常顺利就拐回来了，再也不是倔强地扬着脖子了。种了几个来回，他们停了下来。王来祥把缰绳递给了我，教我怎样用缰绳指挥马。我按他教的方法指挥马，这匹马果然听话多了。他对吴拉存说："你歇会儿，我来。"说罢便握住耧又种起地来，两亩多地种完了下才停下来，和我们一起回到了生产队。

王来祥调回杭锦旗机关工作，职务变了，工作环境变了，生活条件也变了，但是共产党的光荣传统没有变，勤劳的意识没有变，热爱劳动的习惯也没有变。他不论走到哪里，都忘不了自己是农民出身，劳动在他的思想里深深地扎下了根。他怀着一颗朴实善良的心，爱人民、为人民，成为他立身做人的体现。几十年如一日，他总是默默地劳动。在他的心里只有一种思想——不忘初心，牢记使命。他是为人民大众的利益而工作，一生始终保持着劳动人民的本色。他常对人们说："在劳动中我们失去的是汗水，收获的却是事业和财富。"

第二十五章

清正廉洁

/第二十五章/ 清正廉洁

王来祥在调到杭锦旗水电局任局长前，在乡村工作了几十年。老乡们说王来祥，几十年中为群众办了那么多实事、好事，没白吃过群众一斤鸡蛋，没白拿过生产队一袋土豆。

王来祥说："把老百姓的事当作自己的事情去做是应该的，我是基层干部，不拿群众毫厘，做一个廉洁的人，无愧于心。这是一个基层干部最基本的原则。"王来祥是这么说的，也是这样做的。他在杭锦淖尔的时候办了那么多实事，杭锦淖尔人民是记得的。他调到旗里后，有老乡到旗里时给他带了一筐鸡蛋，他说什么也不要，老乡坚持要放下，没办法他领着老乡把鸡蛋卖给了食堂，然后让老乡把钱拿上回家。

有这样一则故事。春秋战国时期，宋国司城子子罕清正廉洁、受人爱戴。宋国有一个人得到了一块精美的玉石，想献给司城子子罕，子罕不理解。献玉的人以为子罕觉得玉是假的，便说："这块玉我请玉匠给鉴定过了，是块宝玉，所以拿来献给你。"子罕回答说："你以玉为宝，我以不贪为宝，如果我收了你的玉石，你失掉了宝，我也失去了宝。所以，我们还是各存其宝为好。”

做一次两次廉洁的事不难，做一个一生廉洁的人很难。王来祥在他的一生中，体现了子罕所拥有的廉洁之宝。

刘玉祥老书记对王来祥有这样的赞誉：“王来祥同志一生胸怀坦荡、刚正不阿、大公无私、光明磊落、清正廉洁。”这是对一个基层干部的赞誉，也是群众对王来祥的赞誉。

我曾听独贵塔拉的老人们说：“来祥这后生可正直了。”王来祥的妻儿都是农业户口，户在独贵塔拉一队。当时一队的口粮一般都分不够标准口粮要求的三百六十斤，挣不够工分还得扣口粮。王来祥的妻子张巧荣和生产队的社员一样参加生产队劳动。生产队的重活、粗活她都干，从春天锄耧到秋天收割，一样都不误。

二十世纪七十年代初，人们最缺少的是吃的。春天生产队剜土豆种，中午大家都不回家，到了傍晚收工时，生产队把没有眼儿的土豆心分给社员，每家也就是分个几斤。那个时候，几斤土豆心也是很珍贵的，因为人们需要它充饥。王来祥从来都不让张巧荣要这些土豆心，王来祥说：“咱的日子总比社员们强，这些土豆心送给那些缺粮户，他们还能夹和着粮食顶几顿饭。”在独贵塔拉下户的几年里，张巧荣除了分得属于自己的那份口粮，很少要生产队分的一些例如土豆心等零碎的东西，即便要了也都给了邻居苏明厚家。其实，她也是一队的社员，生产队分东西理应有她一份。

那时的城市户口很吃香，是吃粮站的供应粮的，要比生产队分的粮多。更重要的是城市户口有资格招工，参军复员的回来还给安排工作。王来祥的儿子王金宝长大了，学校毕业参军的时候还是农业户口。当时王来祥已是杭锦淖尔的公社书记了，完全可以给儿子转成城市户口。可是他没有那样做。王金宝复员回来无法安排工作。张巧荣因此对他有过埋怨。他说："组织会有安排的，要听组织的。我们不能因为我一个人有点儿权力，全家人都沾光。"

女儿王金茹刚参加工作，就被分配到淘赖沟渔场了。那是个偏僻的地方，单位一共也没有几个职工。那里交通很不方便，一个十几岁的女孩住在单位也不方便，而且感到很孤寂。女儿求父亲跟领导说说，让她留在锡尼镇，任何一个单位都行。那时王来祥已是杭锦旗水电局局长了，但他没有给领导找麻烦，只是给女儿买了个半导体收音机作为陪伴，然后就把女儿送到了淘赖沟渔场。

其实王来祥有很多机会给妻子张巧荣安排正式工作，领固定工资，但是他没有这样做。一九七二年张巧荣参加了乡办工厂，当了一名缝纫工。

其实王来祥一生坚守着共产党员的誓言。在他病重期间不给组织找麻烦，没有向组织提出任何要求。在他临终时也不忘对妻子、儿女再三叮嘱："政府规定不能大操大办，我们听政府的。我死了以后不要大操大办。我几十年都这么走过来了，我是共产党员，得听党的话，我对党旗宣过誓。"

和王来祥在一个单位工作过的人都说，王来祥一身正气，从不阿谀奉承，对上级实事求是，对下级实实在在。

杭锦旗原副旗长梁宝柱说："王来祥是一个受人尊敬的人，是一个顾大局、识大体、脚踏实地的领导，从来不要花架子，不说虚话，是个忘我的‘工作狂’。”

王来祥文化底子薄，一直在基层工作，调到水电局任局长后，对知识分子比较多的单位的工作环境有些不适应。他常常向局里的同志们请教问题，商量着布置工作任务。他为人耿直，办事公道，慢慢地受到了大家的尊敬。

王怀林是王来祥的侄子，一九七一年参加工作时是一名井下挖煤工。他看到王来祥帮助了很多人，心想：我是他的亲侄子，提个要求，他一定会帮助我的。于是王怀林在一九八〇年一连给王来祥写了两封信，说井下采煤的工作又危险又辛苦，自己不想在井下工作了，想让二爹帮忙把他调离井下，回伊盟的任何一个单位都行。这两封信寄出去两年了，就如石沉大海，没有任何回应。等不到消息的王怀林在一九八二年从乌达坐车来到王来祥家。他本以为二爹会答应帮助他，没想到王来祥劝他不要调离井下。王来祥语重心长地对王怀林说：“井下有那么多的煤，总得有人去做这份工作，不能因为艰苦和危险就当逃兵吧。要服从组织的安排，干一行爱一行，尽心尽责地做好自己的工作。”

那天，王来祥和王怀林谈了很多，谈生活、谈工作、谈人生……从那以后，王怀林打消了调离井下的想法，回去后安下心来，踏踏实实地干自己的采煤工作，一干就是三十二年。在这三十二年中，王怀林常常以二爹王来祥的话为警示，兢兢业业、任劳任怨，由一名普通的井下采煤工人逐渐成长为副队长，后来又成为矿务局工会主席，成为一名省人大代表。从一九八八年至二〇〇〇年，王怀林连续十二年被评为矿务局先进工作者、优秀共产党员。

王来祥无私无畏，疾恶如仇，时刻不忘自己是一名共产党员，对不合法的、无理无纪的、不合人情的事决不姑息；对请客送礼的事很是恼火。有一次，有个副局长准备了一些东西，正准备用局里的大车给上级部门送去。此时，刚好大车有紧急任务，两个人发生了冲突。那位副局长坚持要大车帮他送东西，王来祥很生气，当场就说："为了讨好上级，搞这种歪风邪气，不合党规、不合人情。你为什么不给那些生活困难的人家送一车炭关心关心他们？"这件事后来成了一件美谈，职工们都说王来祥是真正合格的共产党干部。

梁宝柱说："他就是一名忠诚的共产党员，一名维护党和群众利益的共产党员，一名刚正不阿、胸怀坦荡的共产党员。"

"刚正不阿，留得正气冲霄汉，忧愁发愤，著成信史照尘寰。"王来祥一生刚正不阿，留得正气冲霄汉，树立了一名共产党员的光辉形象。

附录

父亲节

父亲节

王金茹

父亲节
到父亲的时间里走一走
八十三岁的佝偻老翁
斜挂着老花镜
摇摆着放大镜
密探在《戈尔巴乔夫》的生活里

父亲节
到父亲的时间里走一走
翻拱岁月的石磨
年轮的印迹道道清晰
十岁失去父母双亲
十一岁揽工为牧童
十九岁参加革命工作
七十岁真正退休

父亲节
到父亲的时间里走一走
漫步在乡圪堵的街道
星星热恋着美丽的桃园
街灯舞动着豪壮的大笔
树、路、园、场、土地
都刻着父亲的名字
统称来祥圪堵
为了更好地读碑
我回到了沙漠明珠的现场
有口皆碑，代代相传
沙漠里的天河绿景
圆了一个行者的梦

父亲节
到父亲的时间里走一走
风霜雪雨八十载
祖国的情从未伤害过
“党啊，党啊，亲爱的妈妈
我把党来比母亲……”
歌声嘹亮了父亲的一生
革命工作数数秋
父亲用心来耕田

用血来灌溉

大爱无疆

造福一方

父亲节

女儿陪着父亲到故土走一走

故乡的山亲水亲

父亲的爱也亲

父亲啊

请允许女儿摸摸您不再挺拔的双肩

裸露的肩胛骨声声作响

一声鸣响担当

一声鸣响坦荡

又听说您的肚膛能划大船

又听说您不出故土就游走世界

我想说父亲那不朽的河床

是儿女永远走不尽的岸场

写于2015年6月21日

后记

我喜欢在闲暇时写点儿家乡的民俗民风、人文地理，充实我退休后的生活，并没有写书的雄心。写《黄河骄子》是因为王来祥交一万元党费的事情触动了我，让我产生了写一本书来说说王来祥、电力人和沿河人民对家乡的贡献的想法。

在写书的过程中，我更深入地了解了在黄河畔生活的人们，他们有太多可歌可泣的事迹值得去书写。我想在书中留住那代人的奋斗精神，让后人在感恩中永远怀念他们，传承他们的精神。这便是我写这本书的愿望。

我在写作的过程中得到了许多人的支持和鼓励。在此，我由衷地表示感谢。感谢杭锦旗电业局的领导对我的支持和鼓励，感谢你们给了我动力和完成这本书的勇气。感谢我的同乡，著名书法家徐占胜为我题写书名。感谢刘玉祥、梁保柱、鲁成祥、高占元、白云飞、裴亮发、马文兵、张满旺等人，感谢你们为我提供了丰富的素材，让本书所写的故事更为生动鲜活。感谢王金茹，感谢你和你的家人为我创作此书给予的诸多帮助。

我也要由衷地感谢杭锦旗独贵塔拉这片热土，感谢这片土地养育出无数热爱家乡和建设家乡的骄子，让家乡变得更加美好！